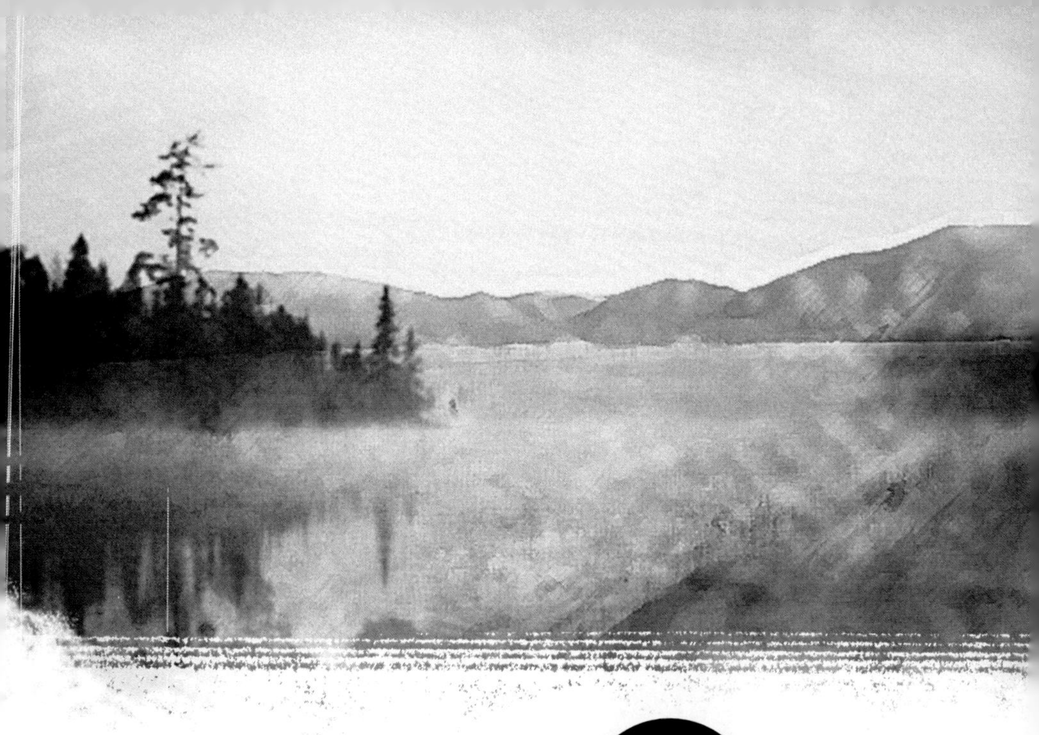

# 寧北妃

金沙作品集・中篇小說選

金沙｜著

# 自序

從一九五六年起，我便在工作餘暇用心於十三世紀在雲南屹起的「南詔」以及後繼的「大理國」有關的種史料和民間傳說。從「蠻書」、「南詔野史」以致近代有關此一歷史事蹟的許多研究著作，我都曾閱覽研讀乃至收藏。此期間，也曾產生用我自己的觀點寫一本「南詔大理國」故事的想法，但現有的已不在少，寫作技巧及歷史觀點固不相同，然故事則一，因此在歷史資料有限的情形下，再添一本也必缺少新意，甚至可能吃力不討好，沒有什麼意義。所以在相當長時間中，我先後寫了〈南詔問題研究〉、〈關於南詔研究〉、〈鄭回的能耐與貢獻〉、〈妙香國帝王禪位為僧成風〉及〈唐與南詔和親功虧一簣〉等雜文。

這之後也寫過〈松明樓故事〉等短文，近乎遊戲文章，往事後覺得一無是處。終於從一九八五年夏天開始再把〈松明樓故事〉改寫成〈寧北妃〉，接著一口氣再寫了〈閣羅鳳〉和〈點蒼春寒〉；〈寧北妃〉與〈點蒼春寒〉是中篇小說，〈閣羅鳳〉是十五萬字的長篇，都曾在世界日報小說版連載。〈閣羅鳳〉還由聯合報文藝版編輯推薦參加當年該報舉辦的長篇小說比賽，結果只入圍而未獲名次；〈寧北妃〉則再獲台灣《小說月報》連載。《小說月報》的編者在介紹時寫道：

自古，寶劍贈烈士，美人愛英雄，可是，這個雄才大略的唐代南詔國王，卻始終得不到心儀美人的青睞，是緣慳？是勢乖？還是……

原籍雲南的金沙先生，積在泰國華文報數十年的健筆，以及潛心多年研究南詔歷史所得，本文不但故事性強，並且充滿著邊疆少數民的充沛活力，以及粗獷性格，是不可錯過的精彩佳作！

〈寧北妃〉在《小說月報》發表後，曾收到幾封好評的信件，該月報編者也還來信希望繼續創作。但不久該刊竟因虧損而宣告停刊。

〈寧北妃〉、〈閣羅鳳〉與〈點蒼春寒〉是連續性的故事，但有獨立性。這三個可分割的故事中，以寧北妃的結構比較緊密，也具有相當哀惋刺激的戲劇性。在這個約五萬字的故事中，筆者最得意的著力點是把統一六詔的皮羅閣這個歷史英雄人物，與一個和雲南「火把節」起源有關的非凡美人——「栢節聖妃」用一條愛情的紅線繫起來。這個雖屬虛構的故事，不但感人、聖潔高貴，偉大而非常有意義。

# 目次

自序 003
寧北妃 007
點蒼春寒 103
深情感動　無法釋懷
——「金沙作品集」在台出版校後記／林煥彰 199

# 寧北妃

「一個做大事的人，千萬不可以被女人迷住；如果一個堂堂男子擺脫不了情網的束縛，就像蜘蛛網上的小蟲沒有力量擺脫將致其死命的蛛絲，其前途有限……」

皮羅閣像突然間進入另一世界，人間原來還有這樣複雜的因素，豈不是一個人在表現他真正的情感時，還得考慮其他利弊？

一千九百多年前，散佈在中國西南地區的各種民族中，以爨的勢力為最大，爨又分為東西兩部分，由於民族滲合的演變，東爨地區有彝族的崛起壯大，西爨範圍成了民家的天下；中國歷史中稱彝族為烏蠻，稱民家為白蠻，後者自稱為白族。彝族及民家之外，還有很多種勢力比較弱小的民族，經過漫長的歲月與自然環境鬥爭，不斷的耕耘併合，社會組織慢慢的演變，在以洱海為中心的廣大肥沃地區，終於形成了六個小王國。再往後推八個世紀，他們的祖先曾以晉寧為中心建立過滇國；以彌渡為中心建立過白子國及爨王國等。公元前一零九年，中原的統治者漢光武雄心勃勃，一度動用四川的兵力發動攻擊，一舉而占據滇國，各土著民族都受到壓力，逐漸散開和西遷，同時併合了其它的力量——包括從北面南移的氐羌，歷經一段長遠的歲月，方有這六個小王國脫穎而出，他們是鄧賧、浪穹、施浪、越析、蒙巂及蒙舍，其中越析係由納西族所建立。這六個小王國中以蒙舍的勢力最大，與中原的關係最好，因其位於各王國之極南，故被稱為「南詔」。

這個時期的中原，正是唐朝盛世。

中原的任何帝王都稱「天子」，對其他化外諸邦皆視為夷蠻，自稱天朝。

蒙舍王國的統治者羅盛足智多謀，巍山地區與外界接觸頻繁，他是蒙氏的第二世王，建立蒙舍王國的細奴羅，係從張樂進求手中接管王位的，張樂進求還把愛女金姑許配了他。細奴羅在唐高宗時曾派使者往長安向天朝朝貢，從那時起，長安與巍州蒙舍便維持著非常微妙的關係。

近七、八年來，六國不斷衝突。這種令人煩惱的局勢，甚使羅盛憂慮煩惱，他無時或忘在想著很多問題。自強不息，繼續充實蒙舍本身的實力非常必要而且迫切，他常提醒自己，生存在唐帝國邊緣的蕞爾小國，都是不能高枕無憂，蒙舍雖與唐朝保持著關係，卻是微不足道的，那曉得一轉眼間會有什麼地覆天翻，在羅盛腦裡，長安是威震九霄的，是不能怠慢的。當然，強鄰除了唐朝之外，還有歷來咄咄逼人，十分難與的吐蕃。

吐蕃對洱海區國家一向虎視眈眈，蒙舍的生存和發展的環境是必須改善的，六小國各自為政，必然的將被各個擊破，前途不堪設想，羅盛的頭髮都操白了，他深思：

「與長安進一步建立可靠的密切協約固然必要，趕快壯大自己，進行統一各國，至少使大家步調一致尤其必要，要快！」

這樣肥沃的土地，美好的山川，應該有美好的前景，羅盛成竹在胸，有了長遠的抱負。

公元六二三年，蒙舍王宮入春以後，柳綠花紅，特別的生氣盎然，紅的與白的茶花把春的王宮點染得鮮豔活潑，氣息清香，手掌般大的彩蝶，比雞蛋還小的綠豆雀，悠閒的穿梭在紅白茶花叢中，多麼生動的景色，羅盛王每天清早，總要到花園中看花觀魚，有時踏著朝露，在草地上踱步，有時停下來修剪奇花異卉，羅盛表面悠閒，內心裡卻緊張煩躁，不堪寂寞，他雖已年逾花甲，但身體仍結實壯健，吃東西尚酸冷不忌。

六十年來，羅盛不曾離開過蒙舍境半步，自從繼承了細奴羅王位那天起，他就小心經營，從長計議。這天清早，他一邊踱步，一邊在瞻望那碧空中的浮雲，誰也不知道，他有一件很大的心事就要決定於這頃刻之間。

這時，他最寵愛的王孫皮羅閣正蹲在金魚池邊望著游魚出神；魚在追逐，在產卵，就在這瞬間，羅盛終於決定了親往長安朝武則天皇帝的計畫，突然揚聲對皮羅閣道：

「孫子，去告訴你父親，說我要他立刻派人把清平官、軍師和大軍將叫來，迅速登殿，我有重要的事和他們說。」

赴長安朝武則天這件事，羅盛王自個兒在心中盤算了很長一段時間了；自從武則天登基消息傳到洱海地區，羅盛就開始提高警惕了。足智多謀的羅盛，其一向的哲學是，對任何事情，在決定之前必須通透的思考；話在要說出口之前，牙齒和舌頭必須仔細商量，而話一經說出口，就絕不收回。

不到半炷香時間，盛羅皮王子所叫的人都來了，威黎大軍將還帶了一包乳扇，在剛要登殿時對盛羅皮王子道：

「這是鄧賧那邊方送到的，王孫皮羅閣很喜歡吃，所以我帶些來。」

盛羅皮隨手接過，也不說別的話，又隨手交給剛走過石階的宮女寶奴，簡短的說了「乳扇」兩個字。其實盛羅皮心中，在想著他父親究竟有什麼重大的事？一清早就叫這些人登殿，這一瞬間，威黎大軍將的視線曾被寶奴的影子所牽引，那寶奴正像一朵含苞待放的野玫瑰，大眼睛、長頭髮是其特色，再就是她那帶些兒輕佻的姿態，蛇一般不必要地扭動的動作，常使男性無形中要多看兩眼，自然，寶奴這時也曾覺察到威黎大軍將的視線投射到自己身上，很巧妙地也瞟了對方一眼；這一眼，對威黎來說，彷彿含義深刻，那光亮令人酥軟。

大家登殿後，盛羅皮王子入內道：

「稟奏父王，所叫的人都已來齊了。」

在鴉雀無聲的王殿上，威黎把嘴湊近清平官賈費的耳朵，低聲的問道：

「王一早召我們入宮，究竟是什麼事，你知不知道？」

賈費只輕微的搖搖頭。

威黎東張西望，似乎希望從任何通道之外，再一看方才那動了他的心的型體，這一點小祕密，是誰也不知道的。

不多時，羅盛王出現大殿，他那銳利的眼睛一看所叫的人都已到來，習慣地咳了一聲嗽，羅盛王之所以咳嗽並不是有什麼不舒服，不過是一種權威的表示，在這種莊嚴的氣氛中，除了他自己，誰也不敢做聲。

「唔胡！」羅盛又表示了一下權威，說道：

「我叫你們來，是因為我想了許久的一件事情現在已經決定，記得中原在李世民時代，先父王曾派使赴長安朝貢，回來後帶了許多唐朝的新聞，對我們非常的有益處。我一向認為與長安親密一點非常之必要，而如今武則天以女流之輩做了皇帝，說明中原的情形特別極了，天下大事不知將會有何演變？所以我決心到長安親自看看，所以，要你們來出出主意，想一想該準備的事。」

這以前，羅盛從來沒提到過要訪唐的事，因而目前被召到宮裡的三位大員聽了方才羅盛王的宣布，心裡彷彿受到嚴重的震動，一時自然沒有什麼主意，大家連動也不敢動一下，一時間空氣靜止了下來。

還算威黎大軍將勇敢的打破沉寂，當即向羅盛王奏道：

「我們蒙舍連年豐收，目前兵精糧足，吾王要親赴長安以觀天下大勢，可真是時候，只是吾王萬壽已逾六十，路途遙遠，不免辛苦，臣等怎能放心得下！」

羅盛王聽了威黎的話後，笑道：

「這用不著擔心，別說已過六十，就是七十開外，憑我這鐵打的老骨頭，也是能去長安的。」

這倒是事實，羅盛的身體那麼結實，其貌尚極英武，要不是臉上和頸上的皺紋，頭髮的灰白，是幾乎不敢相信他有那麼大年紀的。羅盛方才的話剛講完，皮羅閣已走出來站在他背後，這時羅盛王回頭看了孫子一下，吩咐道：

「你別走！」接著問都達軍師：

「我去朝武則天，該帶些什麼禮物，你們籌備一下。」
都達略微思索了一會，啟口奏說：
「臣以為，兩匹象，再加幾床虎皮，備些紅花蛇膽蟲草，也就是了。」
羅盛聽後，提醒都達：
「還是盡量備辦豐富一些，武則天是女人。」
羅盛又補充道：「注意！不能帶紅花，紅花是吐蕃的產物，挑選些好的大理石送去大概不會錯。」
皮羅閣突然好奇的問道：
「祖父，唐朝皇帝真是女的嗎？」
羅盛沒想到孫子會突然提出這樣的問題，隨口答：
「是的！」跟著又加上一句：
「她是很聰明的女皇帝。」
清平官賈費這時獻議：
「除了禮物之外，蒙舍也還得帶點別的東西給中原的帝王看看；常業王妃苦心訓練的舞女，已經非常的有成績，音樂也齊備。臣以為如能帶到長安表演，是很值得的，不知大王作何想法？」

羅盛臉上掛上笑容，說道：

「這是很好的主意，我本也有這打算，究竟一共有多少人？」

清平官當即答道：

「近四十個，包括樂器師。」

羅盛王接著掃射了大家一眼，宣布：

「我出國以後，國家大事由盛羅皮王子掌管；你們特別的小心輔佐他，讓他也學學治國的道理。」說時特別的看了看王子盛羅皮。之後又回頭看了王孫皮羅閣一眼，對清平官軍師等說：

「我還有意在去的時候，順便的到附近各國看看，把王孫皮羅閣也帶去，讓他增識長見，但到了越析之後，他就折回蒙舍，我則繼續出發前往長安。」

羅盛話剛完，軍師立刻奏問：

「吾王的意思是要繞道西川嗎？」

羅盛王答：「是了。」

這時威黎大將軍開口道：

「王帶王孫出國周遊，誠屬高瞻遠矚，不過，王孫既一直陪王至西川邊境，何不就逕帶他往中原看看？」

威黎說時看了都達一眼，意在表示他自己明白這話原不該是他講的。都達卻報以微笑，其微笑後面顯然有兩種意思，一是表示他不在乎，再是表示這樣的話毫無意義。

果然，羅盛王聽了威黎方才的話，大搖其頭，對威黎有教訓的意思，慎重其事的說道：

「這個，你就只知其一不知其二了，我在決定事情之先，講出口以前，已經過舌頭與牙齒的商量。你想，那裡有一個邊遠的小國國王，同時出動祖孫兩代去訪長安的道理？我羅盛會這麼笨嗎？」

威黎立刻轉了話題，說道：

「陛下的智慧，從來就高臣等，既然如此，我們就準備雙倍的人馬護駕，待到達越析以後，再由部分人馬陪王孫返國。」

都達這時，小聲的在咒罵威黎，但除他自己而外，別人連最小的聲音也沒聽見。事實上，都達的嘴唇皮不時在動，別人習慣地不理他究竟是否在講話；大家總把沒有聲音的話，算是他跟自己在說。軍師之所以為軍師，這也是與眾不同的地方。

羅盛當時又指示道：

「也毋須備雙倍人馬，該節省的地方還是要節省。」接著又吩咐道：

「人馬隨從的由威黎調度；都達軍師備辦禮物；服裝及各種必要準備事項由清平官負責。事宜快，消息勿走漏出去。你們就分頭去料理吧。」

都達和威黎，立刻告辭退下。

清平官賈費遲疑了一會，羅盛當即問：

「你還有什麼事？」

賈費奏道：

「由誰領導護駕前往中原？先王當時派往唐朝的朝貢使團，是由前清平官樊寶率領去的。」

羅盛自然早想到這些問題，乃以堅決和藹的語氣對賈費說：

「我不要任何人領導護駕；除了衛隊和舞女樂師，馬夫象奴，我只帶兩個通譯。」

賈費聽了方才的話，如釋重負。原來這賈費雖只五十來歲，身體已非常瘦弱。他本來想，如果此番要他陪赴長安，老命不免要葬送在中原；但如果說是由都達或威黎前往，自己必因被冷落而不體面。

如釋重負的賈費退下大殿後，當即領悟到羅盛的高人一等，無論如何，身為王的人總是聰明過人的；顯然，在人事問題上，他已早考慮到了。

當天晚上，羅盛把盛羅皮召到寢宮裡，面授機宜，其中最重要的一項，是要他注意訓練兵馬的問題，並且吩咐兒子：

「謹記在心，兵員不可任意調動。」最後，還附在兒子耳朵邊又小聲的講了一陣。

公元六九三年的三月天，蒙舍的天氣還帶有些涼意。羅盛王帶領著近百匹馬，兩頭象，由王孫皮羅閣陪伴著，通譯、舞女、樂師、馬夫、象奴等兩百餘人，準備動身出國，前往朝貢武則天。這是羅盛王的壯舉，也是蒙舍王國的大事。

臨動身前，羅盛問常業娘娘道：

「我交代準備的蒙舍土由誰保管？」

常業笑著答說：

「我比你所能想得到的還多，且都準備了，宮女茉莉是負責貼身侍候您的。除了便藥以外，蒙舍土已用一個小布袋裝好，已交代她在進入西川境後，每逢煮開水泡茶之前，先撒點家鄉土在水裡，那小袋土是濾乾淨的了。」

常業接著說：

「我特別選茉莉，是因她凡事細心，同時她懂得那些便藥的藥性。再就是，你在路上難道就不按摩了嗎？」

方才羅盛一聽到有茉莉隨行，不免心花怒放；如果不是常業安排，羅盛是不好意思這樣做的，雖然他是一國君主，諸多方便仍是由別人造成的，常業一向來，非常懂得羅盛的心意。這時，羅盛突然間想到那小巧的茉莉，每當她和他按摩時，總是累得她滿身香汗，她全身踏在他背上時，彷彿沒有重量，最多等於一個小孩，這女孩子是玲瓏的，當然也是非常可憐和可愛的。然而，羅盛趕快停止這些不正當的思想，面孔依然裝得很嚴肅，咳了一聲用意在表示威儀的嗽之後，自言自語地唸著：

「六十年，幾乎是一輩子，我還未離開過蒙舍。此去，除了怕水土不服之外，我是什麼也不當心的。」

自然這些話，常業是聽著的。她明察秋毫，早看出羅盛方才內心的喜悅，自己也非常得意。她心裡想，作為一國之君，他要怎麼都可以的，然而羅盛似乎沾染了中原孔夫子的道德，因此很不自由。此番她之所以讓茉莉隨駕遠去長安，其實也是深謀遠慮的；她想，羅盛雖聰明，也看不出這一層來。

臨動身前，羅盛又小聲的對常業說：

「盛羅皮果斷不夠，你須隨時鼓勵他。」

足智多謀的蒙舍王羅盛，帶領著大隊人馬出國，浩浩蕩蕩前往中原朝貢。武則天皇帝的影子，不時在羅盛腦海中出現，他不時在反問，武則天會注意像蒙舍這般小的國家嗎？

羅盛出國後，蒙舍的朝政由盛羅皮掌理，常業娘娘實際上已負有大半清平官的責任。深謀遠慮的羅盛，對蒙舍諸事均已有了安排，一步不會紊亂。然而，誰也未看出，羅盛這一切的打算，是為一個長遠的未來；他一切的希望都寄託在皮羅閣身上。皮羅閣是整個蒙舍最有希望的人物。

從相貌上說，王孫皮羅閣本就非常出眾；自幼就特別聰明，凡事果斷和機智，羅盛在內心深處，已斷定他孫兒的前途無可限量，他將來必是蒙氏英明之主。不過，這樣的想法，他從未透露；照羅盛想，自己此番赴長安，也無非是為皮羅閣將來的事業開路。因而剛一離開蒙舍，羅盛便事事隨皮羅閣的意，讓他的行動毫無拘束，讓他的思想自由馳騁，所以皮羅閣方離開蒙舍，便覺得海闊天空，快樂極了。

這時皮羅閣才十三歲，由二十歲的領兵猛刀陪伴，猛刀有一身武藝，十幾個人打他不過。凡對所經過的山川道路，皮羅閣都非常注意，問這問那，羅盛只是提醒他，這些美好的地區都是彝族祖先留下的產業。

當到了大理時，皮羅閣的視線一觸到點蒼山，就彷彿在心靈上長了翅膀，萬分的喜愉雀躍，他頓時被山明水秀的大理風光所吸引，當天，他就獨個兒騎馬馳騁，由下關到上關，由蒼山腳到洱海濱。

點蒼山頂峰與峰間，溪水潺潺流入洱海，不捨晝夜，皮羅閣想，蒼山頂哪會有那麼多水流不完？天地自然這麼的不可思議，一切美的東西，令人油然愛戀……

年輕的皮羅閣，想到很多自然和生命的問題，大地的邊緣在哪裡呢？人為什麼要有死亡？他自己想不通，他最崇拜的祖父也不能答這些問題。皮羅閣曾因此自苦，他感覺這樣的生存，等於是在夢中，誰是這夢的主宰呢？他試圖要找出一個樂觀和永生的境界。

生命太短暫了，生命正像夜空中的隕星，只一閃亮便絕跡，便永逝……

在旅途中的皮羅閣，又曾領略到他祖父帶他出門意義之重大，無論如何，在當今鄰近各國中，自己的祖父是佼佼者，因此他此番要趕赴長安，朝見唐朝的女皇帝，那武則天真是女的嗎？

不知不覺間，蒙舍訪唐的大隊人馬已到達鄧賧王國，鄧賧的確小極了，那麼一座小城，大致只有蒙舍的王宮那麼大，羅盛與豐於王之間，少不了禮貌上的接觸。

鄧賧國雖小，豐於王卻有一位智慧美麗的照亮娘娘，她一向主宰著鄧賧的國運，鄧賧之所以能屹立不動，可以說全靠娘娘的智慧所指引。

照亮的兩隻大眼睛閃爍著智慧的光芒，那雙慧眼一見到皮羅閣，就看出這蒙舍王孫必成大器。照亮娘娘很喜歡皮羅閣，皮羅閣令她想起自己的孫兒康鄧來。這時，康鄧不在鄧賧，他隨鄧賧王子於康到越析遊歷去了，越析王與照亮家族有親戚關係。

照亮曾暗地裡和豐於說：

「蒙舍王有這樣的孫子，他們還要強盛，這孩子看起來，將來必成大器。」

在鄧賧期間，照亮娘娘講了很多歷史故事給皮羅閣聽，因此皮羅閣也非常的喜歡照亮，照亮娘娘在皮羅閣的頭腦中留下印象，那印象是，一個智慧的女人到了老時仍是可愛的，她足以鼓舞她的後代，足以溫暖別人，這以前，皮羅閣以為，女人是只有年輕時才是可愛的。

在出國赴唐界途中，蒙舍所有人等，因為有那班歌舞同行，莫不興趣盎然，那陪伴皮羅閣的猛刀，在偶然間供羅盛王使喚時，曾看到那茉莉踏在羅盛的腰背上，她整個的曲線，因為全身在平衡狀態中，展露著均勻的優點，煞是好看。猛刀每一接觸到這情景，總是避免不敢過分的正視，好似乎那茉莉的美好身段帶有不祥的意味似的；猛刀又曾在心裡想，這茉莉最多不過十六歲，竟那麼的帶有誘惑人心的春意，莫非她是狐狸精靈？莫非她是天上派下地來服侍王的精靈？無論如何，猛刀想，這女子如果和他相處，很可能會活活的被他吃掉的，能夠緊緊的抱她一抱，是死也願意，死也值得的了。

羅盛的肌肉依然非常結實，輕巧的茉莉每次為王按摩後，臉上總掛上汗珠。接著，羅盛背朝天躺著，讓茉莉那雙柔嫩的腳，踱來踱去。這情境，茉莉是在休息，羅盛則在一種陶醉和享受的半醒睡中。

七天之後，蒙舍王訪唐的隊伍經過劍川，再又到了施浪。在施浪停留了五天，經過幾天辛苦，才又到了麗江，麗江是越析國都。

越析王對羅盛的到臨是不喜歡的，但知道羅盛是要訪唐時，便假意的慇懃款待，問這問那。羅盛王心目中，越析王是一隻老狐狸，因此認真應付，同時把停留的時間拖長。

在這段時間裡，在美麗的麗江，有一件未為兩位國王所注意的事情，成了影響皮羅閣的整個情緒及一生事業的動力；越析王的外孫女兒的影子，投入他心深處。

蒙舍王孫皮羅閣，在越析王宮中認識了慈善姑娘，同時也見到從鄧賧來的豐於王的孫子康鄧，他們的年紀差不多。

當皮羅閣第一眼瞧見慈善時，霎時呆住！

原來那慈善姑娘長得美麗極了。

皮羅閣第一眼一見，像初見到大理的點蒼山一樣，靈魂兒好似乎一瞬間生了翅膀，眼睛分外的亮起來，立刻有一種生之驕傲、幸福與美感襲來；面對著這個小姑娘，他似乎接觸到神聖崇高的美；那美是直接的浸灌，權威地，毫不客氣地立刻就懾住了他，占據了他和滋潤了他；征服了他和迅速地溶解了他……

「啊！天仙，只要妳喜歡，我要把天下的一切取來給妳！」

皮羅閣整個的思想驚奇著，整個的情緒震動著，整個的心在愛著；他呆看著她，忘記了自己。「我莫非呆了！」他自己在想……

的確是天衣無縫的美，活生生雕刻打磨到洽到好處。她，一把烏溜溜的長髮，披在鵝蛋形臉兒的一邊，兩隻眼睛閃耀著智慧的光，眼珠是黑的也是亮的，眼珠周圍是白的也是亮的，那智慧的眼眸就像掩映著點蒼山的洱海的碧波盪漾，清澈掩映，無限的深，裡面掩映著的所有神祕，教人神往和心醉，教人頓覺幸福而流出感激的淚。

慈善的美，令到皮羅閣的心底石破天驚。

他年輕的心立刻開始歌唱、歡躍，他莫知所措地投入她眼眸的海洋，那無邊的、幸福和令人心醉的浩瀚……

那樣都是俏的，那桃紅色的兩腮，那端正玲瓏的鼻樑，那有生命的嘴唇，那牙齒，那……啊！令人服貼的美。

這小夥子的情緒，從未受過這麼微妙和嚴重的震動，面對這幾乎不可能是真實的美妙傑作，他所以目瞪口呆。這時，皮羅閣想得起來而且說出口的話，是：

「我萬分的希望姑娘有一天光臨蒙舍玩玩。」

慈善眼見這蒙舍王孫如此之緊張，如此的因見到自己而方寸盡亂，幾乎連話也說不出一句，不免想笑，但又立刻止住。啟口答皮羅閣道：「麗江已是天堂，不知貴蒙舍有什麼好玩的？」

皮羅閣隨口接道：

「我有一隻小象，非常的通人性。若是姑娘喜歡，我願把牠奉送。」

慈善笑道：

「除了鸚鵡以外，其它動物我是不喜歡的。」

「蒙舍有會說話的鸚鵡的。」

「我自己養著一隻，已經會說好幾句話；會說話的鸚鵡實在也並不稀罕。」

對答了幾句後，皮羅閣的情緒方慢慢的穩定下來，同時膽子也慢慢大了起來，抓住話題說道：

「稀罕的東西嗎？傳說在洱源茈碧湖底，有兩棵玉雕的白菜，果真姑娘喜歡，我願去取來雙手奉上。」

慈善一聽，已知話中味道，但覺得不給他顏色看，未免便宜了他，接著皮羅閣的話，她說：

「王孫可知湖面永無止境的水珠？你是只能取到水珠子的！」

皮羅閣聽了慈善機巧的答覆，忍不住地：「哈！哈！哈！」笑了起來，其笑聲的響亮，痛快和單純，具有英雄氣，兼含男性美。

這幾聲笑，反而使慈善有了印象。

在慈善看來，皮羅閣並不是一個頭腦簡單的少年，其心事似乎很難捉摸，其人又有一股不畏死的勇氣。再細審其外形，則簡直是一頭雄赳赳的小獅子，那氣概似乎永遠不會戰敗一般。

對一個女孩子說來，一個英雄氣概掩盡了溫情的男子，會使她畏懼，怕「掌握不定」。

皮羅閣剛笑過，慈善正打量著這位蒙舍來的王孫時，康鄧已走近他倆，並插嘴說道：

「蒙舍王和越析王方才在說，唐朝女皇帝的事。」

慈善這時有點不好意思，見康鄧走近，便趁機溜了。皮羅閣失望地目送著慈善的後影從視線中消逝。

這鄧睒豐於王的孫兒，非常的善良，他固然很喜歡慈善，但也不過僅止是喜歡而已，像喜歡他自己的姊姊一樣。

康鄧見方才的話未獲反應，同時慈善已經走開了，便轉了話題，問皮羅閣道：

「聽說你才十四歲，十四歲怎麼長得這麼高大。我們鄧睒對長得快的人肯說，大概是吃了象屎。」

原來羅盛凡對外人講到皮羅閣的年歲時，總習慣地說大一歲，所以康鄧以為皮羅閣長他一歲。

皮羅閣聽了有點光火，當即答：

「蒙舍也並不產象，我們天天吃鄧睒的羊肉可是真的。」

康鄧知皮羅閣惱了，也就不加解釋，忍下了這口氣。皮羅閣見對方老實，也就忘了剛才的話題，改口問康鄧道：

「你知道慈善姑娘訂婚了沒有？」

康鄧答：

「我知道的，她還不曾訂婚。」接著康鄧又加了一句：

「你怎麼問人家這些事？」

皮羅閣答了一聲：

「沒有什麼。」

這兩個小夥子隨便談了幾句，也就散了。

自此，慈善的影兒，深印在皮羅閣心坎上，他不斷的想：

「只要是她喜歡，我願意摘月亮給她！」

雖說羅盛王在越析逗留了七日，皮羅閣覺得才不過是一會兒的事；臨別時依依不捨，但事實上他並沒有多少機會見到慈善。然而，無論如何，自那次見了她後，皮羅閣開始感到生命之多彩多姿，自覺得美麗女性身上放射著一種力量，教人覺得鼓舞，心曠神悅，步履也為之輕快，似乎愉快而富於音樂了。

皮羅閣的情緒充滿歡樂，生命活力更騰躍了；眼見的水色山光，周遭雲霞，彩虹和星星月亮，皆與慈善姑娘的影子同在，彷彿這一切的神祕都是那小姑娘的音容笑貌。

他內心在感嘆，如果她生在蒙舍多好，又如果他有這樣的一個妹妹也多好，又或者在費揚與費飄兩個表妹中，有一個及得她也好！

「嘿！」皮羅閣嘆道：

「一千株一萬株茶花，千盆萬盆牡丹，也比不上她的笑臉兒。」

「誰的笑臉兒？」

原來方才皮羅閣是坐在一個水塘邊思索，無意中嘆出了心中的話，被剛走近的猛刀聽到而且問了一聲「誰的笑臉兒？」才驚醒了皮羅閣。

皮羅閣笑了一聲，對猛刀說：

「每個人心裡都有一個別人的美臉兒，你說對不對？」

猛刀這些日子正迷著茉莉，乃答道：

「不止笑臉兒，連她的屁股兒！」

皮羅閣不知道什麼道理猛刀答這樣的話。問：

「誰的屁股？」

「除了那茉莉的屁股，還有誰的？」

皮羅閣覺得猛刀的答話有趣，便挑撥地問道：

「難道你心裡所有的，竟是那茉莉的……」

猛刀從來沒見到王孫這樣的和顏悅色，但知他在這種年齡，大概對女人的事分外喜歡知道，接著說道：

「你還沒有見，那茉莉走路時的姿態嗎？那擺動著的豐滿，我簡直喜歡的不得了！」

皮羅閣聽後，對猛刀說：

「等王去朝了武則天回來，我請王把茉莉賞給你好了。」

這話把猛刀嚇了一跳，要求道：

「王孫千萬別說出去我喜歡誰。」

皮羅閣這時方又慎重其事的對猛刀說：

「我答應你，但我方才說茶花牡丹的話，你也別說出去。」

猛刀這時突的想起另一件男女間的事，神祕地對皮羅閣說道：

「我告訴王孫一件事，你可千萬別講出去。我臨離蒙舍那天清早，那大軍將的隨侍長和我說：『大軍將非常喜歡宮中的寶奴，他簡直為那宮女著了迷。』在我們出發前兩天，他曾替大軍將悄悄的送了一小包東西給寶奴。」

皮羅閣追問：

「你要告訴我的話，就只這麼一點嗎？」

「這並非是我要告訴王孫的主要的話，主要的話是有趣的，請你聽著。」猛刀接著說：

「那大軍將的隨侍長，悄悄的把一小包東西送給寶奴時，因見到那寶奴成熟的身體，便一時緊張到說不出話，而那寶奴見他那麼英俊，也就糊塗的把東西隨手收了。」

「這也沒有什麼！」皮羅閣說。

猛刀這時邊笑邊講：

「王孫還不知道，就在他送東西的第二天，那隨侍長很巧妙地在宮裡又遇到寶奴，那寶奴對他說道：『那份禮物算做你送的，小官兒記著，我喜歡的是你不是他。』自那時起，大軍將的隨侍長也為寶奴著迷了！」

皮邏閣聽後，立刻想起寶奴的種種，他還清楚的記得，大約在三年以前，寶奴常陪他一塊玩，她比他大幾歲，她常常藉機會把他抱緊，還說要試試他會不會被她緊抱到受不了斷了氣。他邊想邊覺得有趣，那些時候，他也曾是喜歡和宮女們玩的。寶奴的身體好像很柔軟，當她抱著他時，他曾覺察到她柔軟的身體有強烈的溫暖。不久，他就被隔離再沒有機會和女孩兒任意玩耍了。

那寶奴，的確是惹男人歡喜的，只是大軍將已做得她父親，而且樣子難看；皮羅閣想。

羅盛王一行就要進入西川境。

在巍州蒙舍卻發生了一件事情。

原來當羅盛離國後，常業娘娘幾乎都把大軍將清平官等人召到宮中，商量國家大事。這情形之下，大軍將便常常看到他喜歡看的寶奴，另一方面他的隨侍長也暗地裡與寶奴互通款曲。

在羅盛出國後第四十五天那天，威黎大軍將被他自己的隨侍長一刀從後腦劈斃，蒙舍的統兵事宜便完全由盛羅皮王子處理。

大體上，宮中人都猜想，這是常業娘娘的計畫，但卻不知道羅盛老早便安排了這個陷阱，寶奴是經過訓練的，羅盛要她在無形中勾引住威黎，讓他像撞在蜘蛛網上的小生命，走向死亡。

在西川邊境，羅盛一行在一個小村住了下來，除了羅盛自己，誰也不知道是什麼道理，隊伍不再繼續前行。大約過了十五天，突然有兩騎人馬到了邊境，其中一人正是威黎大軍將的隨侍長通朗，另一人只是陪伴，也英武非常。

羅盛當即靜靜的聽了通朗一番小聲的耳語後，面露喜愉之色，次日便又啟程前行，而出發的隊伍也增了兩名雄赳赳青年。

對於通朗的突然出國來見羅盛，猛刀各人自然覺得奇怪，但卻不敢探問。至於皮羅閣，卻因羅盛把整個事先佈置的計畫，一五一十認真的告訴了他，因此驚奇不置；現在他似乎才真正知道他祖父的偉大，莫測高深。

同時羅盛還告訴他的孫子：

「一個做大事的人，千萬不可以被女人迷住；如果一個堂堂男子擺脫不了情網的束縛，就像蜘蛛網上的小蟲沒有力量擺脫將致其死命的蛛絲，其前途有限……」

皮羅閣像突然間進入另一世界，人間原來還有這樣複雜的因素，豈不是一個人在表現他真正的情感時，還得考慮其他利弊？

當然皮羅閣一時也想到那慈善姑娘。他想，無論如何在去到蒙雋再折回越析時，定要再找尋機會看看她……

羅盛王一行悠然自得，浩浩蕩蕩行了三天，方到達在西川境的蒙雋。

對於皮羅閣來說，自從離開蒙舍以來，在短短的時期間，在其內心上，曾掀起了巨大的風浪。慈善固然令這小夥子產生幻想，但旅途所見巍峨峻秀的風光，同樣挑起他無限複雜的思緒。這麼遼闊的地區，錦繡般的山川地勢，比起唐朝的赫赫名聲，竟是微不足道的一群彈丸小國，中原天朝究竟大到什麼程度？李世民、武則天也該是跟我們蒙舍人一樣的人！長安離蒙舍多麼遙遠，但聽起來，它好像就屹立在眼前，令人肅然起敬，頓然覺得自身渺小和無以屏障。

皮羅閣不斷的在想：

「環抱著蒼山洱海的妖嬈風光，我是愛的；慈善姑娘也是我醉心的。前者是六個小國，唇齒相依，後者只是一個人。如果這兩樣之中，我只能得一樣時，魚與熊掌，我還選擇什麼呢？」

皮羅閣即使是隨便想想，也決定不了答案。因此他想到他祖父的話：

「一個做大事的人……」

「我是做大事的人嗎？」皮羅閣也曾反過來想。然而，無論如何，他知道他祖父的期望；他正被期望成蒙舍整個前途所繫的後代。他簡直就看得出來，羅盛王似乎寄以一種遠大的幻想，最好在不遠的將來，蒙舍在他孫子登基的時候，所謂國，應該是能與中原的唐朝一較長短的國。想到這些時，慈善似乎渺小到微不足道了。然而，皮羅閣每次都自己抗議，這渺小對於我是重要的。

在蒙雟王國期間。有一天，皮羅閣曾問他祖父道：

「蒙雟距益州究竟還有幾天路程？」

羅盛頗覺高興，故意反問孫子：

「何故提此問題？」

皮羅閣自然也知道他祖父的意思，無非在考一下自己的認識，便說道：

「漢朝的漢光武占據了滇國。之後，中原分為三個國家，蜀國有孔明其人，他不是以益州為根據地，出發而逕向南中發展嗎？蒙雟既與唐地相接，想來該是離益州不遠了？」

這一席話，使老羅盛引為驕傲，當即一板一拍的對孫子解釋說：

「益州，目前是唐朝的劍南節度使所在地，這劍南節度使領有精兵五萬之眾，目的就是監視吐蕃；我們倒還不在他們眼裡。從蒙雟去益州，盡是艱險的山路，還有十天左右路程。」

說到漢光武占據滇國，係起始於漢朝當時想尋找一條通往西竺的通路，便派了一批人到達昆明；這批人後來去奏漢天子，說滇國是一個很好的地區，因而觸動漢光武的雄心，便調動了蜀兵攻打，一舉而擊敗滇國。

再又說到三國時期，那孔明不過是蜀國的丞相，他為了擴大版圖以與魏國及吳國對抗，所以暗地裡向蜀之西南發展，其人頗有謀略，似乎他曾親自到過下關以下，可能曾到了怒江之邊，無論如何，此人的功業是不朽的，對我們地區，影響深遠。

羅盛解釋完這些後，咳了一聲嗽，這大致是剛講過孔明的緣故，咳一聲自己壯壯膽。

在羅盛心目中，目前中原最具權威的人是武則天，武則天並不會吃人，我要去朝見她。在還沒有見到武則天以前，至少還可以任意的咳嗽。

羅盛對皮羅閣說道：

「我們地區的六國須團結，否則總有一天會被中原的龐大勢力所吞沒；你們年輕的一代，責任大極了，我對你的期望很大，此番特別帶你出來，是讓你看看各地區，我活到這麼老，也才是第一次出遠門……」

皮羅閣靜心的聽著。

在蒙雋住了兩天之後，羅盛王吩咐猛刀和通朗，要他倆再挑選幾個武藝好的，護送皮羅閣回蒙舍，同時叮囑當折返到大理時，便停留下來盡量的玩，不必急於回蒙舍。

話說完，羅盛便下令動身，臨別時，羅盛不知怎的又改變了主意，要通朗一起前往唐朝，同時吩咐皮羅閣一陣，又和猛刀講了許多話。

與祖父分別後的皮羅閣，無心在蒙雋多停留，即日與猛刀等一行由原路折回越析，那猛刀因為茉莉已隨駕赴長安，一時再看不到她，心中彷彿失落了什麼，悶悶不樂……

皮羅閣高高興興的折回麗江。一打聽，就知道那慈善已跟著越析王去了鄧賧，心中非常掃興，但卻不形於色，暫時留在麗江玩耍。

麗江不僅止水秀山青，簡直是世外桃源。這地方特別是在雨過天青的一段時刻，是男女青年的春天，活潑健康的姑娘們，成群結隊，把路口堵塞起來，把水封鎖在石板路上，大家嘻嘻哈哈，在深及膝頭的水裡洗衣及嬉戲，銀鈴似的笑聲，流露出真實赤裸的美，臉上一滴滴晶亮的珠兒，不知是汗是水……

這是姑娘們的天地，是男子的安樂窩，猛刀似已把茉莉忘到九霄雲外，留連忘返。在麗江思索了三天，皮羅閣改變了主意，他決心趕到鄧賧去，希望能看到慈善。提到要離開麗江，猛刀覺得萬分掃興，但卻無可奈何，只好乖乖地陪著王孫趕路。

這時的鄧賧，因有越析王的到來訪問，處處張燈結綵。隨越析王到鄧賧的人不多，除了慈善姑娘和王妃而外，便只有幾名宮女，十餘名隨從。

當照亮娘娘見到慈善後，內心裡便有了一番打算，因而加意的觀察，從而為自己的孫兒製造良機，讓康鄧與慈善盡量的相處。

對慈善來說，此番對她最有影響的，乃是照亮娘娘的慈藹、智慧和講不完的故事；和照亮娘娘相處，就像嬉戲於春天的草場上，覺得自己幸福極了，因為照亮娘娘自己雖髮已斑白，聲音和笑貌卻顯現著魔力，她使與她接近的所有人物，覺得生命是快樂的。

從照亮娘娘的談話中，慈善姑娘也曾聽到對蒙舍王孫的讚美，那小雄獅般的姿態，慈善已印入心坎。然而與康鄧相處卻是快樂的，康鄧善良極了，何況康鄧和她自己一樣，對漢文有相當高深的認識，因此他們談話的資料很多。

越析王在鄧賧訪問了七天，便準備動身轉入施浪，繞道折返麗江。臨別時，大家對照亮娘娘都依依不捨。

當皮羅閣一行趕到鄧賧時，越析王已離開了，這失望的王孫再也悶不住心裡的事，問猛刀道：

「從越析到鄧賧，大路只有一條，為何我們遇不著越析王的歸國隊伍？」

猛刀登時脫口而出：

「大路只有一條，小路卻有千百條。王孫要遇越析王，我們再回頭去麗江不就成了。」

這時，羅盛的話出現在皮羅閣的苦惱情緒中，那是多麼有力量的叮囑：

「凡是做大事的人，對於女人……」

皮羅閣的口氣是堅決的，他吩咐猛刀道：

「我們到大理去。」

為慈善姑娘懷有無限心事的皮羅閣，無可奈何地返抵大理。

蒼山和洱海，再度使皮羅閣的胸懷一暢，他決心以漫遊大理排遣心事，盡可能地，他要忘記那越析外孫女兒的影子……

秀麗深綠的點蒼山，山頂像頂著銀亮的白帽，積雪在陽光照射下反射出晶瑩的光彩。在點蒼山腳，躺著平靜的洱海，清澈照人的溪水自積雪山頂潺潺流下，歸入平靜遼闊的洱海。洱海是平靜的，平靜得像一個永遠不會發怒的女孩，微風掀起一排排緩慢的波紋，像不會發怒的女孩露著笑臉。平靜遼闊的這一面大鏡子，掩映著藍天白雲，倒映著點蒼山頂的皚皚白雪。也許正是這種感人心靈的山水靈秀之氣，使大理的石塊花紋像山像水，似龍似鳳。

蒙舍王國的開國者——細奴羅，在公元六四九年時，曾認真的選了十個花紋奇異的石桌面，送到唐朝。

皮羅閣對於蒙舍開國的種種豐功偉績，早已不止千百次地聽羅盛講過。從他曾祖父——細奴羅算起，之後是當今英武的蒙舍王，羅盛祖父是當今洱海周圍六國中之首，因為蒙舍實力雄厚，羅盛聰明而深謀遠慮。目前他已前往長安訪問，蒙舍國政由他的兒子盛羅皮代攝，皮羅閣是羅盛的孫子。依據父子連名的傳統，這四代長房的名字是：

細奴羅、羅盛、盛羅皮、皮羅閣。

在當前羅盛王的鋒芒下，盛羅皮王子顯得非常的懦弱無能。然而，在羅盛的目光中，將來的皮羅閣卻前途無限；他對他寄以無限的希望，似乎要他將來，與唐朝任何帝王一爭雄長……

皮羅閣有時在想，自己有什麼出眾的本領被寄以如此大的期望？有什麼特別呢？他自己與常人無異，而今甚至為一個小姑娘在苦惱著。

想到他祖父的期望時，慈善的影子漸漸被從他內心裡推遠，皮羅閣曾在心裡試圖發誓，忘記那美人兒吧。

忘記那美人兒吧！這是皮羅閣所面臨的考驗，隨著時日的消逝，慈善的影子的確漸漸的從皮羅閣腦海中由明而暗……

皮羅閣在大理盡情的玩樂。

大理石多彩多姿，大理的白族姑娘明目皓齒；數不盡的女郎，想盡千方萬法，企圖在蒙舍王孫皮羅閣眼前展露笑容。

在很多很多年前，大理曾經發生過劇烈的地震，傳說是山神發脾氣所致，因為人們只知道採石，得罪了山神。從那次大地震以後，凡開採石礦，都事前殺豬宰羊，先祭山神一番，因此山神就再不發怒了。

青年男女們對於祭山神的儀式感到濃厚的興趣，不是沒有原因；第一，男女們藉此接近，彼此眉目傳情，何況那些殺了的豬和宰了的羊，並未被山神吃了；高高興興祭山神的男女，都必須吃到祭肉，暢飲米酒，然後同聲高歌，跳舞作樂。

大理的老百姓，除了記憶中的大地震外，是不知道憂愁的；皮羅閣陶醉在洱海之濱，他曾經覺得奇怪，為什麼蒙舍開國之祖不選大理？

蒙舍方面，自從盛羅皮解決了大軍將威黎之後，雖萬能之羅盛王已遠赴長安，目前高枕無憂，而且展望著將永慶昇平，因此曾想到為皮羅閣娶親的事。在常業娘娘心目中，費揚和費飄兩姊妹，是任由皮羅閣選擇其一的，又倘若他兩個都喜歡，那就一箭雙鵰，分外大喜，然而這件事必須等待羅盛回國後方能決定，蒙舍宮中，人人都知道皮羅閣王孫是大王最心疼的寶貝。

此時悠遊於大理的皮羅閣，由猛刀陪伴著，射虎捉狼，東馳西騁，冒險犯難，把身體鍛鍊得結實極了。

看皮羅閣那樣子，是連雷也把他劈不死的，他英武活躍，打架一能當十，同時身為蒙舍王孫，大理的姑娘們，幾乎莫不對他瘋狂崇拜。大理的任何一個姑娘只要皮羅閣喜歡，倘若他一招手示意，必定喜歡到不知如何是好。然而誰也不知道他心裡的影子不在洱海之濱，而在遙遠的麗江。

他正努力著要擺脫那個心裡的影子，別的影子怎樣也投射不進他心扉。

皮羅閣愈是對所有包圍他的姑娘們不暇一顧，姑娘們愈是癡迷。

在大理，皮羅閣在女孩兒們心中是神！

皮羅閣曾經對猛刀表示：

「任何姑娘我都不喜歡！」

時間飛逝得快極了，皮羅閣在大理留連了快就要一年；他實在已經非常想念蒙舍，但因祖父一再叮囑遲些回國，因此耽擱到了這麼長的時間。歸期一經決定，日子就似乎特別的快。

皮羅閣終於回到蒙舍，常業娘娘一見寶貝王孫。喜歡的老淚盈眶，老人家一面揮手擦淚，一面慈祥地問著：

「在外週遊了這麼些時間，見識了些什麼了？」

皮羅閣畢竟年輕，兼且一向得常業溺愛，經這一問，當即吐露了心事答道：

「麗江的慈善；大理的洱海和蒼山！」

常業聽了孫子的答話，立刻反問：

「麗江的慈善是什麼？」

猛刀雖是粗人，這時卻知道常業娘娘糊塗了，插嘴解釋道：

「稟娘娘，慈善是越析王的外孫女兒，生得就像天仙般俏。」

「原來是這樣，我以為是什麼稀世罕寶，越析王的外孫女兒，說她來做我孫兒媳婦好了。」

常業表露著很意外的喜愉，一時糊塗把此時就站在旁邊的那費揚和費飄忘了。這時，紅榴妃趕快的接嘴道：

「娘娘，小孩子哪裡就看得準，不管是什麼人，那怕就是越析王的外孫女，品德是重要的。」

常業早已看出原因，也就改口道：

「說說玩玩的。」

方才聽了常業說娶孫子媳婦，羞得滿臉通紅跑開了的費揚和費飄，是盛羅皮王子的愛妃紅榴的姪女，一對孿生姊妹花。紅榴妃常接她倆來蒙舍宮中小住，目的在使常業娘娘隨時記得，俾有朝一日當羅盛王一提娶孫子媳婦時，立刻推薦。事實上，常業娘娘也喜歡這對姊妹花的，不料方才聽到越析王外孫女時，未加考慮的說出令這兩個女孩子心碎的話來。

費揚和費飄暗地裡在思索，她們的命運也不知是好是壞，那慈善姑娘究竟有多俏還在其次，無論如何她是越析王的外孫女，又早聽說她非常的漂亮。

就只因為一個小姑娘的名字，蒙舍宮中暗地裡攪起很多爭鬥，紅榴妃深恐自己的姪女落選，積極的催促常業娘娘，要她把皮羅閣的婚事作準確的宣布。常業也曾對紅榴表示，我本是作此種打算的，但事情必須等大王回到蒙舍方能決定。何況，萬一唐朝的武則天如果想要和蒙舍和親的話……

事實上，常業娘娘這時才看出一個問題，原來盛羅皮王子對於把費揚、費飄造成非入王宮不可的安排是不贊成的，從前他半點意見也未表示，到了皮羅閣回到蒙舍，又見紅榴那樣的從事佈置，處心積慮，方認真的對常業娘娘表示，皮羅閣的婚事無論如何要等父王回來方能決定。

突然間，這些小爭鬥，蒙舍宮中許多因皮羅閣愛上了一個越析姑娘的談論，尤其是紅榴妃的努力等等，都被羅盛的回抵蒙舍而煙消雲散。羅盛才是蒙舍的主宰。

羅盛回到蒙舍，全國熱烈的慶祝了三天三夜，整個蒙舍王宮頓時充滿了新東西和新話題。唐朝武則天女皇帝的威名雖早被邊遠小國傳聞，但羅盛親自訪長安帶回來的，當然才是真真正正的。他觀察到許多唐朝的禮儀制度，羅盛又曾慎重其事的告訴盛羅皮王子及清平官等人，武則天有許多長處，處事很有手段，器度非凡，因此長安目前有婁師德狄仁傑一類了不起的能人。

另外很多瑣碎的事，由隨同去長安的其他人添枝加葉地散佈，尤其是關於唐廷宮中的笑話受人歡迎，蒙舍民間多麼的喜歡輕鬆話題；在很多笑話中，有一則說武則天女皇帝的皇冠，鑲滿了無價珠寶，至少有一隻最肥的老母雞重，做天朝的皇帝是何等的受罪。

長安帶來的新鮮事，固然使蒙舍王宮添了談話資料，羅盛王自己卻因眼見到一個大帝國的絢爛複雜情景，不免為自己的國家前途憂慮起來；在未訪長安以前，羅盛曾覺得自己所統治的王國雖小，但也還不太小，不過是比唐朝和吐蕃小罷了，但比起同族的鄧賧浪穹來，蒙舍卻是大國。去過長安，見過了中原天朝的偉大場面，便覺得這蒙舍王國，的確太簡單，而且小得可憐，天朝畢竟是天朝，那種場面似乎太怕人了……

羅盛王的心事顯然的多起來了；他曾冷靜的分析當前天下大勢，唐朝固然極盛一時，然而各邊官的勢力，卻坐大到朝廷實際上指揮不靈的程度，就如同劍南節度使吧，他不但幾乎操縱著許多小國的命運，而其所作所為，如果他願意割據一方的話，似乎長安也莫奈其何，但武則天就有這麼不知多大的權威，使各方節度使聽命長安，邊境也暫時安然無事。

然而，無論如何天下是不會永遠太平的。

因此，羅盛曾單獨的對盛羅皮指示：

「……固然我們的人口，恐怕也不及唐朝的兵多，但目前我們卻還分崩裂隙，因此我有意積極的練兵，期做到一能當十的地步；這樣一來，無形之中就等於團結了六國的兵力很多。有備而無患，我們必須有所準備。」

羅盛繼續對兒子說：

「皮羅閣是聰明的孩子，可以讓他學學帶兵的事，蒙舍自然不能一朝一夕強大，但我們須培植下一代……」

這時蒙舍另有一段佳話，原來隨羅盛王去了長安回來的通朗，已得到宮女寶奴為妻室，因為他們彼此都漂亮，自婚禮舉行之日起，即被蒙舍人選為「薩木洛與娥萍」星下凡，成了民間愛的偶像，因而吃用不完，他們每天清早開了大門，便發現不知何人送來的禮物，現成的搬進門便是，要拒絕也不成。

青年男女成雙配對的事，使盛羅皮王子想到皮羅閣的婚姻問題，因而問父王羅盛：

「那越析王老狐狸是不是有個美麗的外孫女兒？」

羅盛是冰雪聰明的人，登即答道：

「你必須告訴皮羅閣，我不想跟越析王攀親家。在最近若干年內皮羅閣不該談娶媳婦的事，我要他苦心鍛鍊武藝。」

蒙舍自羅盛從唐朝回來，便醉心於武備，但文事也受唐朝的影響，改善了原有的典章制度。

短短的三年時間，蒙舍強大的實際情形，已漸漸的引起其他五鄰國的恐懼，甚至連吐蕃也接到情報，唐朝的劍南節度使，也曾派人暗暗的來觀察過，甚至有了來往……

大約在公元六九九年秋天，蒙嶲王從西川到蒙舍訪問，羅盛非常懷疑其動機，推測他此來是為劍南節度使做奸細，但在表面上，羅盛仍熱烈招待，殺鹿宰熊，毫不吝惜，卻絕口不提武備的事。

終於蒙嶲王對羅盛透露，當前劍南節度使轄下的唐兵，已有七萬之眾，吐蕃正努力討好益州，情勢值得大家警惕。

羅盛這才解除了對蒙嶲王的疑心，而且坦白的分析對局勢之所見，當今劍南節度使如果有非分打算，先受其害的必是蒙嶲，其次是越析；浪穹和施浪力量有限，鄧賧則說不上抵抗，因而蒙舍實力愈是雄厚，對蒙嶲愈是有利。

羅盛非常得意地，故意把嘴湊近蒙嶲王的耳朵，低聲的說道：

「蒙舍目前已擁兵三萬，而且訓練得好，足可當五萬人用。」

實際上則是已有精兵五萬，可當十萬用了。

蒙雋王此來，倒也不是為益州做奸細，不過想探聽一下蒙舍的實力，作為跟越析聯盟，攻擊浪穹及施浪的參考。此番一聽羅盛提防的反而是唐朝，原來多年前這老傢伙訪長安是別有用心的，不由得暗自欽佩，也就根本改換了主意，臨時把越析王與他聯絡計畫瓜分施浪和浪穹的陰謀，告訴羅盛，而且告訴他，他個人的主意已經改變。

在這些日子裡，皮羅閣被安排在鍛鍊武藝的有趣生活中；皮羅閣這時像一頭雄獅，身體結實，因苦練及用羊脂摩擦，放出亮光；又因不斷的經過風吹日曬，顯得更英武好看。蒙舍宮中有限的幾個宮女，都因皮羅閣的英武姿態神不守舍，其中只有茉莉因為常替皮羅閣塗羊脂的關係，得時常接近這美男子。

照例的，皮羅閣學習武藝之後，便有一個機會靜靜的躺著，由茉莉為他塗羊脂按摩。日子一天天過去，茉莉漸漸的想到一個問題，為何常業娘娘及紅榴妃這樣放心的讓她在皮羅閣身邊？多年前曾跟王前往唐朝，貼身服侍羅盛，最令他奇異的，是老頭雖常認真的看她，卻始終未動她絲毫，維持著尊嚴。

茉莉隨手摸著皮羅閣的背脊，心中不斷掠過想像中的關於肉體接觸的快感；她似乎要打寒噤，手掌停止了動作。又一思想掠過她的心坎——這健美的王孫還沒有過，和自己一樣。

茉莉的手不覺在抖動，這時皮羅閣覺得有幾滴水落在他肩上，他回頭過，迅速知道那幾滴水原是女人的眼淚。

皮羅閣已坐立起來，他握緊茉莉的手；他壓制著無限的力量，看著茉莉的眼眸，說出不清楚的心中話：

「茉莉，怎麼了？」

茉莉的雙眼轉動了一下，輕聲對王孫道：

「殿下只要發誓，我願把處女之身給您。」

「發什麼誓呢？茉莉！」

茉莉道：

「只要殿下嘴穩。」

皮羅閣便低聲的要求：

「我此時不知如何想出誓語，妳教我好了。」

茉莉以堅定明白的口氣說道：

「土鍋煮雞不露腳，

男女偷歡不露風。

彼此尋樂無條件。

只求永世不開口。

誰要開口把風漏，

雷打火燒屍不全！」

皮羅閣一一照著說了。自此，茉莉自己想，她已成了蒙舍當今最實際的女人；皮羅閣的臉上添了更神祕的笑容。

茉莉的要求是這麼單純，因此她與皮羅閣間的關係，真做到不露腳也不露風的程度。

蒙嶲王離去不久，越析王與世長辭的消息迅速傳到蒙舍。公元六七〇年夏天，新繼王位的越析王子也到蒙舍來訪問了。若干年前羅盛訪長安路過越析時，他還不過二十歲年紀，與皮羅閣也是認識的。

這越析新王，不像他父親那麼狡猾。他心胸開朗，還充滿著青春的朝氣；他的整個生命此時正像一片當陽的綠野。他一見皮羅閣便非常高興，而且一開口便說：

「多年前我就料到你會長得這麼魁偉，長得像一頭小公牛。」

皮羅閣則說道：

「謝大王！陛下駕幸蒙舍，甚感光榮。」

他倆談了一會兒，皮羅閣又問及慈善姑娘可好？

詎料聽得的答覆，竟使他呆了。

那越析新王原不知皮羅閣深藏在心底的祕密，說道：

「在先父王駕崩前一年，已把她許配給了康鄧，就是鄧睒王孫，你不是也見過的嗎？」

皮羅閣聽後，竟什麼話也說不出來，那失望的神情是一望而知的。越析新王當即沖淡地說：

「麗江是出美女的地方，慈善只屬中姿；如果我有機會為王孫殿下做媒選美，保證得到蓋世美人。」

皮羅閣這時，因耳邊方才打了一個足以令他心碎的炸雷，那還聽得進其它言語，所以藉故走開了。他心裡在想，什麼蓋世美人，蓋世美人就只有慈善能當。一邊難過著，皮羅閣迅速走向馬廊，牽出他的赤兔馬，溜出後宮，他飛快的往遠處跑，跑到使那隻馬筋疲力竭，到了一條小溪邊，方才翻身下馬，倒頭睡在草地上，睜大眼睛看著無邊無際的天空。

藍天晴空，朵朵白雲從空飄飛，由紛亂而聚會，由飛奔而緩慢。他胡思亂想，居然無形之中覺得生命之悲哀，最後他警告自己：

「皮羅閣，你不該受不住這點折磨！」

在荒野中，他又馳騁了一陣，待心胸漸漸開闊以後，不知是什麼力量支配著，皮羅閣又悄悄的回到王宮，悄悄的躲入他專用的房間，叫來了茉莉，把絕望的情緒向她的身體發洩。

王孫像瘋狂一般，茉莉領略了未曾有過的野蠻，她全身就像要被擠碎了，肩頭，甚至其他地方還被咬青了。皮羅閣使勁奔馳，心中想著的並非茉莉而是慈善；經過了一番疲勞，他才靜靜的仰臥著不發一言。不知不覺間，他曾想到茉莉是何等的可憐悲哀，細小但卻豐滿的肉體被人盡情的享受著，美麗的臉蛋在擁抱著她的人的眼中卻幻化成別一個女人。但是，永遠永遠，茉莉也不會知道他心中的祕密。

這時，嬌弱無力的茉莉對皮羅閣說道：

「殿下，容奴講一句話，殿下在歡快中潛伏著一種絕望之情，好像失落了什麼而企圖尋找；但無論如何，奴難以確知殿下深不可測的情感，我這渺小的奴才已經非常的驕傲和滿足。如果殿下像我這麼簡單，便不會有什麼失落之感……」

皮羅閣驚奇茉莉還會有這種的聰明，他強笑著欣賞著茉莉。接著，茉莉以哀求的口吻說：

「殿下心裡究竟有什麼事，能不能對茉莉說一說，女子有時候是會想出好主意的。」

茉莉這時深知身邊這美男子在仔細的瞧著她，說話時分外的嬌媚，嘴唇像剛吃過油膩的東西未擦乾淨，紅中帶水，眼珠子顯得格外晶亮。皮羅閣看得有趣，又用手臂把女人拉近，把嘴湊近，用牙齒輕輕咬著茉莉的下唇，之後又是一陣調笑……

皮羅閣在精神上感到絕望之餘，尋求了肉體的滿足；他一時覺得，茉莉給自己的快樂很大，眼前如果沒有這個美麗的女人的肉體，將不知如何煞住自己失落和絕望的情感，自己將不知要怎樣的因絕望而苦痛，而從疲倦中尋找自己。不由得問：

「茉莉，你想要什麼？我將來一定給妳。」

茉莉道：

「奴方才問殿下有何心事殿下都不肯說，我知道自己所扮演的是什麼角色，因而豈敢向殿下說要什麼？」

皮羅閣知道茉莉的心思，便安慰道：「我不想妳追問我有什麼心事；妳該永遠不要企圖追問我的憂愁。對於妳，我是喜歡的，因為喜歡，同時因為妳給我快樂，我應該給妳報答。」

茉莉是極頂聰明的女子，當然知道皮羅閣在這個時候說這些話的問題所在，認真的，帶著憂傷的情緒說道：

「除了服侍殿下，使殿下快樂而殿下能守口如瓶，我一無所求。我很明白，這樣的日子，只能有一天算一天，我不過是一個幸運的宮女，從來沒有什麼癡心妄想。殿下，你以為我能有什麼非分之想嗎？」

皮羅閣這時已立起身子，以堅定的口氣說：「茉莉，妳放心吧！」

皮羅閣自我抑制想忘記慈善的影子，當越析新王就要離開蒙舍時，皮羅閣已能處之泰然，與越析王臨別時，還又說了一句：「請代向慈善姑娘問好。」

越析王又非常輕鬆的和皮羅閣說：

「我此來實在獲益良多，你所要我代轉的話，我一定不會忘記。然而，皮羅閣殿下，你難道是忘了？慈善就要結婚，婚期將近，你準備送什麼厚禮？不妨說來，我也先通風報訊，告訴慈善。」

皮羅閣非常鎮定，想了一會說道：

「請代轉達，禮與茈碧湖有關。」

越析王回到宮中，少不了把皮羅閣聽到慈善訂婚消息的失落神情，簡單講了幾句。慈善本是冰雪聰明的人，當然明白對方心事，因問道：

「後來他說了什麼沒有？」

越析王說：

「我臨別時，皮羅閣曾請我問候妳。我又曾問他當妳大婚時準備送什麼賀禮？記得他遲疑了一會，答說『禮與茈碧湖有關』；這蒙舍王孫，是有幾分特別的。」

這「茈碧湖」三字，挑起慈善的記憶，因覺得皮羅閣心裡是酸溜溜的。慈善深知他表兄個性爽朗，心眼兒不多，又問道：

「陛下，茈碧湖乃在洱源，皮羅閣的話不是很霸道嗎？」

慈善的意思，在引誘越析王多談談皮羅閣，故意的把握著話題。

越析新王素知其表妹慈善心細，說道：

「我以為皮羅閣不過是隨便說說罷了。當然，其人的心事是難以捉摸的。」

慈善心事重重的在慢語：「真的，他的心事難以捉摸。當年鄧賧王妃照亮娘娘曾經說過，皮羅閣的內心深處潛藏無限野心，這個人將來必成大器。」

越析新王似貿然被驚醒，說：

「不必等到將來，現在蒙舍五萬精兵，實際上已由他掌握。除了唐朝，在南中地帶，誰能夠與他相提並論！」

慈善一時說不出話來，腦海裡閃動著一個英雄的影子；其人曾經為自己發呆……

大約過了三年的時間，鄧賧王駕崩，康鄧繼承王位。公元六七三年，康鄧與越析王的表妹慈善喜結良緣，大婚擇期於六月二十四日舉行。

因鄧賧王妃照亮娘娘深獲各方敬愛，南中各王國自然都派代表，備辦禮物，前往鄧川賀婚，也乘機觀察觀察鄧賧的實際情形。

這些年來，南中蒼洱地區大體上平靜無事，所以對前往鄧賧賀婚的事，各國都非常注意，似乎都有意派出一個像樣的代表團，前往鄧賧炫耀一番。還有一個意思，大家都料想，見得到皮羅閣。

就鄧賧來說，也想藉這個機會與各國建立親善關係。比起其他鄰近五國來，鄧賧的實力的確非常的弱，因而歷來與各國都維持著很好的關係。鄧賧歷來使用智慧與其他各國週旋。

蒙舍方面，老羅盛決定由皮羅閣為賀婚使，皮羅閣內心裡很不想前往鄧賧，但一想到祖父對自己的期望，當然不願示弱。

蒙舍是當前南中最大的強國，由皮羅閣所率領的賀婚使節團自然也是龐大的，賀禮也是最豐富的。所有參加鄧賧新王婚禮的人士，因早已得到皮羅閣現已統兵五萬的情報，不免暗地裡欽佩他，都把他看成此一地區的大英雄；婦女們甚至對他品頭評足。事實上，皮羅閣的外貌是出眾的，輪廓是醒目的。當然的，婦女們對他是人見人愛的……

在鄧賧，皮羅閣重新陷入情緒的紊亂中，原來當前的慈善，已非從前可比。過去，他似乎只注意她的容貌；如今，一個成熟的慈善，她的身段、談吐、風韻，莫不像磁場吸住鐵針一樣……

啊！那教人由衷愛慕的美。

慈善的一舉一動，都挑動著皮羅閣剛平靜的感情之海洋，不斷的掀起澎湃的浪花；皮羅閣一面忍受著因慈善嫁了康鄧成了王妃而失望的心緒，一面陶醉在慈善美豔動人的儀態中。這慈善，好似乎有什麼魔力般，周遭的空氣因她而更適宜於呼吸；一切的顏色，因她而更加鮮豔；一切人們的談話，因她而更動聽和文雅……

皮羅閣有些懊悔，這感情海洋的浪花將難以平靜。然而，見到這般智慧和美豔的婦女，畢竟是快樂的事；雖心酸卻覺好受，雖失望卻仍存一絲的幻想……

曾經有一種下意識的衝動，掠過皮羅閣的心坎——「無論如何我該占有她！」理智即刻告訴他這是「胡思亂想」。

在眾多貴賓中，慈善也曾留心的注意過皮羅閣。她的眼眸曾接觸到他的，他看她時的眼睛的光亮，閃爍著愛慕之情，潛伏著意圖占有的百折不回的野心的蠢動。

慈善內心裡在想：

「皮羅閣是英俊的，此人具有婦女無從抵抗的誘惑力。同時這個人野心勃勃……」

鄧賧新王婚禮後第二天皮羅閣就辭別了鄧賧，拜別了照亮娘娘及鄧賧宮中各人返回蒙舍。

鄧賧王宮對於蒙舍王孫的急於歸返，心裡甚感不安，深恐係招待不週，因此留意的送了許多東西，其中有一座鄧賧王宮的小模型，那是漢人的手藝，精細非常，這件東西是送羅盛的，也算是一種外交智慧。

七天過後，鄧賧王宮方逐漸恢復平靜。

慈善在婚禮過後，曾躲在閨房中細看各王國送來的禮物，蒙舍王子皮羅閣所送的是一件玉器——一顆玉白菜。該不是茈碧湖底的玉白菜吧！

玉白菜，挑起慈善的回憶，此人「可怕」！

十年前，皮羅閣還是一個孩子；現在，他英俊魁偉，聲音宏亮而具有男性吸引力，眼光銳利而具有魔力，其形象教人難以忘懷。

慈善腦海中一絲飛過的幻影，藏得很深，在她的心深處，曾經想到男女姻緣的機遇；如果不是照亮娘娘與越析王宮有親戚關係，她不一定會嫁到鄧賧，她也許會嫁得更遠，說不定所嫁的正是皮羅閣……

慈善想到這裡，臉兒突覺一陣熱烘烘的，立刻她從羞愧中責備自己，為何胡思亂想？

在皮羅閣心目中，是不可補償的遺憾。

這次他在鄧賧宮中所看到的慈善，像一朵正開放的牡丹，他因得不到它而感覺到自卑，做王孫，甚至將來登極成蒙舍王有什麼意思呢？啊！慈善的確是太動人了，接近她，如坐春風之中。千萬棵茶花齊開，千萬盆牡丹齊放，也比不上慈善這朵牡丹，她富貴大方，像仙女立在神聖崇高的雲端，高不可攀，地上人間因她而喜氣洋洋，這美人兒的影子，重新開啟了皮羅閣感情之扉，他自知因愛而飛濺的浪花，將不容易重返平靜。當然！他也努力壓制自己。

愛人的影子帶著邪魔，使情感奔放的男子無限哀傷，坐臥不寧，揮之不去……

誰也不知道，英俊剛毅的皮羅閣，帶著絕望痛苦的心向萬傾深淵下墜，夾著無可奈何的嘆息。

回到蒙舍王宮，茉莉明察秋毫看出皮羅閣燦爛生命中的嘆息，這英雄更粗野地從她那玲瓏的小身體上尋求真實，但愈是求解脫愈覺虛幻。

「只有在緊抱著你時，我才覺得暫時的存在，究竟什麼才是永恆的存在呢？茉莉，當你癱軟在男子的懷抱中時，還會想到別的男性嗎？」

皮羅閣問那喘息著的茉莉。

茉莉輕言慢語地答道：

「啊！殿下，我什麼也不想，你要我立刻去死我也是願意的。皮羅閣殿下，你要我怎樣服侍你呢？我曾經是幾乎整個的骨骼都碎在你懷抱之下；你使我領略到生之樂趣。」

皮羅閣並不喜歡這個答案，他所要的答案，也許是那懷抱中的女人，心裡還會想著別的男性。他對茉莉的發自內心的真話，只應了一個「嗯」字……

茉莉感覺得到皮羅閣內心的複雜，問道：

「殿下究意有什麼心事？如果是關於女人的問題，也許茉莉能夠提供有用的參考也說不定。殿下，你一直好像有什麼心事？」

皮羅閣看著茉莉，然後審慎的道：

「也許。但是，你必須發誓不透露出去。」

茉莉很快的說了一聲：

「讓雷劈就是了，如果我洩露了殿下的秘密，請記著，茉莉是你忠誠的奴僕。」

但是皮羅閣並沒有把他的祕密告訴茉莉，他只對她說：

「我心裡有事是真的，現在我不會告訴你，但是將來你必是最先知道的人……」

在鄧賧方面，慈善與康鄧二人的情感如膠似漆，萬分的情意綿綿。慈善在施展她與生俱來的魔力，與非常忠厚的康鄧認真治理國政，研究立國之道。

不久，照亮娘娘去世，慈善彷彿繼承了鄧睒老百姓心目中的智慧之星的寶座；鄧睒王宮中，歷來都有一位智慧的女性。鄧睒的久享昇平，好似乎全因為有一顆女性的智慧之星。

公元七一二年，蒙舍王羅盛享高壽而歸天，王位由盛羅皮王子繼承，羅盛王駕崩對鄰近各王國都成了大事情，亦喜亦憂，喜的是具有韜略的強人已與世長辭，憂的是不知道中原的唐天子，會不會乘此機會而施行壓力，因為前此與唐朝保持著外交關係的，一直是最南方的蒙舍。

蒙舍國喪前一個月，各王國的弔喪使節便已先後到達，羅盛王之喪備極哀榮，名副其實，三個月後盛羅皮的登基大典，反而並不十分隆重。

盛羅皮繼承了蒙舍王位後，全國兵權逐漸交由皮羅閣王子統領；目前蒙舍的改變，最大的特徵就在王子幾乎實際統領軍隊，而且是相當龐大的力量。

這時蒙舍王宮中，很不愉快的事情乃是皮羅閣王子不肯娶親，那早經擇定的候選人費揚和費飄兩姊妹因此在憂鬱中過活。

各方面的情形漸漸的變動，茉莉已變為專門貼身伺候皮羅閣的唯一宮女，而茉莉得到皮羅閣王子寵愛的情形不免風傳，蜚短流長於蒙舍王宮了……

茉莉只是一個宮女，但這個女人的內心充滿喜悅，她暗地裡在想，蒙舍全國，沒有一個婦女有自己這般幸運，皮羅閣是王子，是當今整個蒼洱區的大英雄和美男子，這個女性們夢寐以求企圖一見的男人，在某些時候是屬於她的，她的指尖曾觸及他身體的任何部分，他的有力手臂常常摟抱著她，甚至於她身體若干部位曾首當其衝被他咬痛，可是，她愈是滿足卻愈是覺得不安，她漸漸的感覺出來，皮羅閣內心深處有一個女人的影子，這影子絕不是她自己。終於，她總又自己解開這失望的結，她想道：

「我是應該滿足的了，我只是一個宮女。」

茉莉之於皮羅閣，猶之乎一件他心愛的玩具，或一盤他所愛吃的點心。當然她也是他口渴時候的清泉，流汗時候的涼風，痛苦時的安慰，寂寞時的友伴……

這些，這許多，合併起來只缺少一小點東西，就會成為有力量的愛。

費揚和費飄早已開始妒嫉著茉莉，但不能發作，也不敢發作，只是苦在心裡。不過，她們心裡想，縱使渺茫，希望仍是有的。

至今，紅榴娘娘漸漸的想自作主張了，但皮羅閣對母后所屬意的費揚、費飄不暇一顧，母后當然也早已知道，茉莉與自己的兒子那麼親近，她並非憂慮皮羅閣會選中茉莉，但因為他有茉莉親近，很可能不會考慮到別的女人。

這孩子對於婚姻大事，一點也不關心，這莫非全因為他享有著那嬌小玲瓏的宮女？這是不能張揚的，但卻該早一點認真弄個清楚。愈是多想，愈覺複雜可憂。

經過細心及長時期的研究，紅榴娘娘找到一點線索，不知從誰的口裡，紅榴知道猛刀曾一度為茉莉所迷，心想如果將他兩人匹配，皮羅閣便不致只想著那塊肉，從而必會轉念於其他姑娘。

猛刀曾被紅榴娘娘叫去，問及娶親的事，而且表示準備將茉莉給了他。然而，猛刀雖是一根腸子通屁眼兒的粗人，卻也有他的聰明。原來他早已發覺皮羅閣王子正享受著茉莉，再就是他早已把茉莉忘記腦後。又因為他與皮羅閣有深厚的友誼，也知道攀龍附鳳的重要，那敢接受紅榴娘娘的好意。

紅榴娘娘苦心找到的線索，輕易拋棄，甚覺失望。之後，她想到收拾茉莉，乾脆把這小狐狸精收拾了不是更好嗎？但卻有很多顧慮，因為她也是愛兒子的，偏是這種的可能性，已被猛刀覺察到，因而他曾暗示皮羅閣，要他提防保護茉莉。

蒙舍宮中這些小煩惱，誰也料不到，瞬即被盛羅皮的一項宣布而煙消雲散，而退避三舍，簡直就似乎消逝了。

目前蒙舍的十萬精兵，壯了盛羅皮的膽，唐朝劍南節度使轄下的武力已不足以鎮壓這西南角上的蒙舍，而長安所採取的，也是綏靖和分化的政策，因此盛羅皮感覺到，把其他五小國震服一下，要他們以蒙舍馬首是瞻甚屬必要，便宣布了一道大操演的命令，並派出飛馬往邀各王前來參觀操演。日期既定，蒙舍全國便開始積極的準備；除了蒙舍王盛羅皮有意要恢復先王羅盛在世時的威望外，這次盛舉的另一主角便是皮羅閣王子，盛羅皮非常的引以為驕傲，因為十萬精兵是由自己的兒子統領。其他五王若是親眼見到蒙舍如今實情，定必為之懾服，不能不隨事遷就，今後駕馭他們，當易如反掌。

距離八月初十雖還有三個多月，整個蒙舍已經非常忙碌，連全國的美麗少女都在訓練歌舞，蒙舍的採購專使，已前往益州備辦各色彩綢。

蒙舍固然忙碌，其他五國先後接到盛羅皮的邀請後，也是頗為緊張的。

鄧賧王康鄧與賢慧的慈善經過一番研究後，決定親往，立刻奉覆；浪穹和施浪兩王因畏懼蒙舍的強大，迅速表示遵命，並探問需要什麼東西也願意奉上；越析王的答覆是不肯定的，說如果屆時他不能親到蒙舍，便由其胞弟代表；最遠的蒙巂王因其國土接近西川，答說由清平官代表，但附加一句說，說不定也可能親自到巍州一行。

盛羅皮一一研究了各國反應，算是八分滿意，所不愉快者是蒙巂王意思恍惚，又說以清平官為代，而且那蒙巂清平官是漢人，有可能是劍南方面的奸細，但也無所顧懼，盛羅皮心想，必要時給他個冷落，來個不理不睬，未始不善，因而也就不再放在心上了……

在大操演準備期中，皮羅閣王子自是非常忙碌，他對武備的事那麼醉心，簡直連茉莉都被冷落了。

蒙舍的軍容目前是很整齊的了，在羅盛時代，全國只有一個大軍將，目前在皮羅閣王子指揮下，大軍將有四人之多，每人名義上統兵兩萬；每五千兵由一酋望指揮。另在盛羅皮周圍有羽儀長三人，分別統領著為數三千最親信的禁衛軍，然而這十萬人的主帥卻是皮羅閣王子。

到了八月一號那天，五國的觀禮團便已先後到達，包括四個國王和一個清平官、越析王還帶同王妃前來，還有鄧賧王康鄧，他居然由慈善相偕而至。

慈善的到達蒙舍，令皮羅閣驚奇和緊張，亦喜亦憂；喜的是目前他所串演的角色，是此區域歷來最大和最年輕的統兵英雄，這個光榮表演將在心上人的眼前展現；一個小小的鄧賧王算什麼呢？憂的是慈善無疑地將使他的失戀之創痛復發；慈善的漂亮和她所具有的美德和智慧近年來已傳佈到蒼洱區各國民間，她在暗地裡被歌頌著，被崇拜著，她是鄧賧照亮娘娘的化身，即使是蒙舍王宮，許多人都以能一瞻慈善的儀態為榮幸，慈善幾乎已不是地上的人而是天上的仙。

皮羅閣心裡想：

「如果慈善是我的，那才算是天造地設的一對。此生就再沒有什麼所求了。然而她卻已經嫁了康鄧，那康鄧是多不足道但卻幸運非常……」

整個蒙舍在緊張中，八月十三日，蒙舍王宮的大宴豪華奢侈，走道舖滿鮮花，烤鹿肉的香味與米酒的氣息令人沉醉，樂聲悠揚，穿著彩綢的宮女穿梭來去，整個巍州喜氣洋洋。

蒙舍王以主人身分，在禮儀中處處表現出強國之君的姿態，確乎容光煥發。但無論如何，到來觀禮的各國貴賓，卻加倍的注意皮羅閣王子。事實上，盛羅皮手中的王牌正是皮羅閣王子，他把他展現在各國貴賓眼前，要他們服貼和膽寒。盛羅皮在向各國貴賓敬第一碗酒後，皮羅闍方雄赳赳的昂然而入，在他的後面，有十二個同樣英武的隨從，皆金光閃閃，狀極英武。

當皮羅闍王子以威武的步伐踏入大宴中心時，便即開始一片議論讚嘆之聲，稍後便轉入鴉雀無聲的觀望。在貴賓背後的宮女群中，有一個嬌小玲瓏的美人兒禁不住在粉臉上掛著淚珠，狀極興奮。她有點發呆……

這個淚水盈眶的小臉兒，恰巧被慈善無意中回顧後面時而望見，她從這張小臉的表情中窺視到皮羅闍的不凡，無疑地皮羅闍正被全蒙舍的婦女們崇拜著，他已不是地上的人，而是天上的神。

茉莉感到生之幸福，她的思緒複雜，她覺得其生之驕傲，那個驚世駭俗的美男子，大英雄與她之間，曾經過美妙的融合，混為一體，相擁而臥。她熟習他的身體各部，他曾經吻遍她所有女性的引人之處，極之美妙，極之幸運。

茉莉在這瞬間，發現有一雙眼睛在注視她，她也注視了她。這瞬間的茉莉，彷彿從夢中被喚醒，是慈善的雍容華貴和懾服人心的美喚醒了她。無形中，茉莉向那高貴的美人屈膝，慈善報以微笑。這微笑使茉莉貼服和油然而生妒嫉之心；這微笑也進入皮羅闍的眼簾，皮羅闍王子注視慈善時，也同時看到茉莉。當然的，茉莉知道皮羅闍已為慈善的美而震撼；她知道皮羅闍也曾看到她，並且也發現她看到他在看那鄧睒來的美人。茉莉覺得無限的心酸，因為皮羅闍王子從來對女性不暇一顧，而這一瞬間，他的神采分明為慈善壓蓋全場的美而飛揚。

茉莉妒嫉地注意著皮羅閣王子……。

但才一會兒，皮羅閣因慈善已把頭偏向康鄧在說話，他稍稍也看了康鄧一下，也就折返走向越析王那個方向去了。

皮羅閣走近越析王，原想要請他設法安排一個與慈善見面的機會，因為慈善是越析王的表妹，但方走近，又覺這想法唐突，把話忍住了，皮羅閣的心緒陷入複雜和苦惱的深淵，無端端的，他在內心裡浮起憤怒，憤怒所有在座的各國貴賓，如果不是這麼的繁文縟節，也許他便毫無顧慮地向慈善傾訴心裡的愛……。

這時，周遭的喧嘩似乎都與他無關，他心裡只有慈善；但他明白，他不能再去看她，他怕因看她而燃起的愛火會燒起來。目前他統率著十萬精兵，除了中原天朝的無比力量，他什麼也不必畏懼，然而事實上他卻連愛著一個女人的心都無從表露，好像周遭有無可抗拒的力量在阻止他，從而會恥笑他。那麼，統率著龐大的精兵又有什麼用呢？

皮羅閣遣開他的侍衛，離開喧嘩的王宮大宴會，靜靜的溜入遼闊的後花園中，秋天的蒙舍是生動的，這遼闊的花園四周蒼翠欲滴，皮羅閣躺在一塊大石板上，眼裡滿含著淚水，他心深處在呼喚著「慈善」，他想，一名英雄，面對著自己傾心的美人時竟一變而這麼渺小無用。

這時他耳中聽到一聲輕微的叫喊：

「殿下！」

「是誰？」

皮羅闍覺得驚奇，也有幾分惱怒，但他迅速的辨別出來，那是茉莉的聲音。

茉莉翩然投入他的懷抱。

皮羅闍用手摸著她的頭髮，問道：

「你怎麼知道我在這兒？」

茉莉把臉湊近他，輕聲地說：

「殿下別忘記我是你忠心的奴僕，我知道你正為一個女人而苦傷，而無以自處，而絕望無從自救……」

皮羅闍內心覺得驚奇，茉莉怎會知道自己的心事？但他鎮靜地反問她：

「她是誰？」

茉莉答道：

「通朗和寶奴曾被稱為薩木洛與娥萍星下凡，這是錯了的；我看那鄧睒的慈善才是娥萍再世，但康鄧其人可不是薩木洛……」

說到這裡，茉莉仔細看著皮羅閣。

皮羅閣王子分明已經知道茉莉已窺悉自己內心裡的秘密，但卻故意的裝做還不明白，追問茉莉：

「那麼，薩木洛在哪兒？」

茉莉得意地答道：

「遠在天邊，近在眼前，殿下果然不知嗎？」

皮羅閣明白，事情已瞞不過茉莉，接口說道：

「薩木洛與娥萍是一對啊！」

茉莉緊接著說：

「死後他們才成對，殿下：愛是沒有任何力量可以阻止的。」

皮羅閣從內心深處感謝茉莉的對他了解，但卻對她有幾分抱歉，也就流露出心中的話，立起身來，用手托著茉莉的小臉，和藹地對她道：

「我覺得深深的對你不住！」

「殿下！」茉莉流著眼淚說道：

「請不要這樣說，在所有婦女中，我已是最幸運的了，我已萬分的滿足而且引以為驕傲。當今天下，還有比我幸福的女人嗎？如果殿下不惱怒，我覺得我是你骨中之骨，肉中之肉；雖然你愛著那人間的娥萍，你是應該的，茉莉是虔誠的願意為殿下禱告的……」

茉莉邊說邊流著晶瑩的眼淚。

皮羅閣感激而且仔細的欣賞著這小婦人。方才這小婦人的一片好心的表露，使皮羅閣在痛苦中得到安慰，本能地，他覺得心裡的空虛需要填補，因而他吻了一下茉莉，小聲地道：

「你到我房裡去，跟著我就來。」

這種權威的，具有無限魔力的命令，茉莉是喜歡的；她知道接踵而來的是什麼。

另一方面，蒙舍王宮的大宴正在喧嘩中，盛羅皮曾經發現兒子已離開許久，但他未找他；盛羅皮近年來，並不怎樣管束皮羅閣，何況這時他正在開懷，他覺得這是黃金時代，此刻他似乎連唐朝也不畏懼；或許天朝長安的場面也不過如此……

聰明的慈善，已注意到蒙舍王子離開宴會，皮羅閣英武的姿態，以及他方才注視自己的銳利閃亮含有欽羨的目光，這一切的影子重新出現在她腦際。慈善而且回憶到十多年前皮羅閣首次見到她時的發呆之狀，她同時警告自己，這些思緒是不正當的，無形中她看看自己的康鄧。康鄧無論如何，是文質彬彬的，似乎在他的神態中有幾分漢人的孔夫子氣。鄧睒前兩代的國王都因熱中於中原禮教，使康鄧的氣質內向，有時候，他談起孔丘來確乎還肅然起敬。

慈善自嫁康鄧以來，是心安和滿足的。

這時，皮羅閣因從茉莉的體溫中得到安慰，暫時忘記了心目中的娥萍，但因歡快過後而滿足的茉莉，卻為她所崇拜的英雄未忘於那鄧睒來的絕代美婦而有幾分難過。她閉著眼睛，撫摩著皮羅閣結實的肌膚，輕聲地說道：

「殿下，我知道你這一輩子忘不了慈善，殿下將因她而心哀，的確她太不凡了，誰不因見到她而自慚形穢？她，我以為必是天仙下凡，有她在的地方好像便有一種祥和之氣，她像放射著什麼光燄，使周圍人人愉快心熱，情緒友善……」

皮羅閣從來也未想及，像茉莉這樣的女人，竟會有這麼細心和複雜的認識。他當即回答身邊躺著的，在幸福感覺中的女人：

「我真的可能忘不掉慈善，但我也將永遠記得茉莉。茉莉，我多麼喜歡妳。」

茉莉輕聲接上說：

「殿下，得不到的東西才愈是令人嚮往啊！我直覺到那慈善將是你此生在心裡永遠驅逐不走的狐狸精。固然她隱隱地使你絕望痛苦，但這卻是佛祖所安排下的因果，有這項缺憾，你此生有一件東西可望而不可及，才會勇往直前……」

皮羅閣用手掌掩住茉莉的嘴，說：

「談她做啥！停止再提慈善。」

八月十五日天還未亮，蒙舍全國上自盛羅皮大王，下至走卒販夫都已準備就緒，各就各位。雖然大操演是日中時方開始，有關人等已忙得喘不過氣。固然整個的活動不外是勞民傷財，但盛羅皮是有用心的。

一開始，近萬帶甲的兵瞬即排列成行，鴉雀無聲。大家屏息住呼吸，操演場中飛奔來兩隊騎兵，一隊是黑得發亮的黑馬；另一隊是全白的白馬。兩色共一千匹，黑馬的騎兵著白衣；白馬的騎兵穿的卻是紅衣。黑白兩馬隊排齊，有的馬居然舉頭嘶將起來，狀極得意。這一瞬間，有十輛牛車拉著十個大鼓，由壯士擂著動地而來，之後是葫蘆笙隊，即刻，有八十名少女飄紗而進，她們都赤著腳，歌舞著。

圍成一個大圓周的人群汗流浹背，都興奮以極。看台上，盛羅皮坐在中間虎皮椅上，其他五國貴賓依序而坐，清平官及各國隨員又坐在第二層。

盛羅皮這時舉頭看看天空，日中！太陽正在各人的頭頂上。這時，盛羅皮站起身來，把右手一招，驟然響起嘟嘟牛角之聲，從而便有六隻被妝點得很有氣派的大象，穩重從容的走到台前，甚至把前腳跪將下來向王致敬。盛羅皮王再一揮手，六隻象起立分兩組各從兩邊散去，剎時，牛角聲與鼓聲再起，震得人人緊張興奮，彼此說話也得大聲一些。一邊，有人正眺望著遠處，果然馳來了一隊赤馬，共二十一匹，二十匹的騎者一身銀色，中間一匹的騎者全身金色，從帽子到勾尖的鞋子都是金的，一望而知，那就是皮羅閣王子了。盛羅皮引導站起來拍掌，大家也都跟著拍掌，四圍的人群則瘋狂的高呼「皮羅閣、皮羅閣、皮羅閣……」群眾中有的人居然因興奮而流下眼淚，大家高呼不停，只見皮羅閣率領著二十匹馬隊，二十個非常魁偉的銀人挺著腰，雄赳赳的簇擁著一個金人——皮羅閣王子繞了一週，然後到檢閱台前站定。牛角聲又嘟嘟了一陣，盛羅皮向前兩步，說了幾句話，才一揮手，皮羅閣又復率領著馬隊離開操演場。去後不久，這二十一匹赤色馬又復馳騁而來，這一番，二十一位雄赳赳武夫都光著上身，個個猿臂狼腰，肌肉結實，在陽光下油亮亮的。大家再仔細一看，馬是滑馬，馬鞍已不在馬背上，二十個赤身騎士，騎著滑馬跟在皮羅閣後面，一時間加鞭快跑，繞著操演場飛奔，赤兔追風，全場為之雀躍，其時，鼓聲動地，灰塵滾滾，皮羅閣像狂人一般加鞭飛奔。有的人眼光銳利，看到王子一面加鞭飛如雷電，眼淚卻涔涔而墜。原來，愈是他得意時，愈感到追逐不到愛的可悲；誰還會知道這英雄淚的含義？除了茉莉，誰知道皮羅閣心靈的絕望與空虛……

蒙舍此番大操演，盛羅皮心滿意足，他已向其他五王炫耀了實力，而所有人感到心滿意足的卻是能夠欣賞了皮羅閣王子，自然，五國貴賓對蒙舍王子不免埋下恐懼之心。

在看台上，康鄧為之目瞪口呆；慈善卻頻頻揮動檀香扇，使她發熱的臉涼下來，她甚至不時的要用來自西川的絲巾輕輕揩乾眼角的莫名之淚。閃過她腦際的印象是皮羅閣的確儀表不凡，而這個當今的英雄對她，有一個解不開的情結……

三天熱鬧過去，五國的貴賓們先後離開蒙舍。蒙舍王宮恢復原有的平靜，盛羅皮內心引以為無限快樂。事實證明，蒙舍——南詔的確是南中蒼洱區的強國了。

不過，盛羅皮愉快的心境迅速被紅榴娘娘的爭吵所抵消；紅榴娘娘堅持要皮羅閣與費揚或費飄成婚，盛羅皮依兒子的意見拒絕。老娘娘常業因年事已高，記憶減退，對她最心愛的孫兒竟也不聞不問。為皮羅閣的婚姻大事，紅榴與盛羅皮終於發生嚴重的爭執，其結果自是紅榴娘娘吃虧，她一病不起，費揚、費飄兩姊妹則萌短見投洱海自殺了。

這以後短短兩年之間，蒙舍及其他五國都先後發生很多變化。蒙舍方面，常業老娘娘及紅榴王妃相繼歸天，越析鄧賧之外，施浪、浪穹與蒙嶲亦都由王子繼承大統。

盛羅皮與高氣傲了這些年，漸漸的其健康與雄心背道而馳，他的體力已非常衰弱，心中卻盤算著，想把其他五國一一吞併。

在這長遠的陰謀下，他由皮羅閣到各國去遊歷訪問。皮羅閣的旅行實際上是不受歡迎的，但各國在表面上卻虛與委蛇。而皮羅閣自己卻一度理智敗陣，在鄧賧故意的停留很久。

康鄧毫無心事的熱忱招待皮羅閣，慈善照例參與大宴小酌，談笑自若。皮羅閣卻心事重重，有時候其神情似乎若有所失。慈善輕描淡寫，說王子乃大智若愚；當然她知道皮羅閣被自己的風韻所吸引而留連忘返……

皮羅閣沉醉在慈善的儀態中，和她談話時，不管談什麼她皆應對得體，令人心曠神怡，如坐春風，隨時感覺到生之樂趣盎然；特別是她的微笑教人如飲醇醪。因此，皮羅閣在鄧賧忘記了歸期。

終於，盛羅皮派人來催促他迅速歸國。皮羅閣離去後，鄧賧王宮如釋重負。

原來，瘦弱的盛羅皮最近常做噩夢，以致令他懷疑到死之將至，他希望皮羅閣能隨侍在側，準備繼承大統，何況十萬精兵的主帥不在其位，一想到唐朝的劍南節度使，他就無法安眠；噩夢因此滋生。

皮羅閣回到蒙舍，頓覺了無生趣，還有一件事使他難過和驚奇，茉莉病得非常嚴重，其形容憔悴的程度幾乎令他不忍直視。這許久以來因皮羅閣遠赴各國，茉莉一得病就像花一般逐漸枯萎，她內心深處擔憂著皮羅閣在鄧賧，甚至在蒙嶲、越析種種可能的遭遇，因而百上加斤，她迅即一病不起。

皮羅閣眼見茉莉的淒涼形狀，不覺感慨良深；一個血肉之軀，消瘦和衰老憔悴竟是如此的快，人生究竟是為什麼？煩惱攀纏著人的心，快樂只是瞬夕間事，過去的日子連一點影子都不剩。皮羅閣又想他所崇拜的祖父，一代英明之主，胸中盡是韜略，做一個小國之君步步為營，無時不為兒孫打算，而今安在？時間，短暫飛快而永不回頭的有限生涯，在他心中結成煩惱，難以開解。皮羅閣因而想到生、老、病、死，連帶的也想到佛陀，進一步又想到自身的責任。

事實已步步逼緊，皮羅閣得準備繼承蒙氏祖先傳下的王位。於是，他開始想到更多未來的問題。這時，他惟一看準的急務，是人事的新安排。皮羅閣現已從盛羅皮手中獲得極大權力，他以王子之身，已執行著蒙舍王的權力。

盛羅皮不時把皮羅閣叫到身邊，以微弱的聲音向兒子講述蒙氏的歷史。他認真的告訴兒子，蒙氏係從哀牢山區遷到巍山的，曾祖父細奴羅帶領著族人到了巍山，開疆拓土，設法攏絡人心，下了很大的功夫，以至於勢力逐漸龐大，連蒼洱中心區的張樂進求也刮目相看，才把他的愛女金姑許配給曾祖父，後來，張樂進求眼見曾祖父在這一地區獲得支持擁護，乃把王位讓給我們蒙氏。

皮羅閣提陞了很多新人，帶兵的頭目多半都由朝氣蓬勃的高官子弟充任。另一方面，蒙舍的勢力已日漸擴張，大理早已在蒙舍勢力之下，向東發展，範圍之邊已與唐界毗接。蒙舍勢力越過大理，直接受威脅的是鄧睒。

皮羅閣血氣方剛，威名逐漸響亮，又因他眼光遠大，各鄰國都對他生畏懼之心。

因茉莉一直病在床上，皮羅閣非常的孤寂，這時期，皮羅閣不時回想他小時候的玩伴，一個名叫高康定的漢人，最近與他談得非常投契，對於天下大事，以及中原的禮教制度，皮羅閣從這小孔夫子方面得到很多見識。再就是皮羅閣的煩惱與日俱增，鄰近各國間時有衝突，蒙巂與越析，爭先恐後，彷彿在競賽般，從事聯絡吐蕃，巴結唐朝，浪穹及施浪則對鄧睒虎視眈眈，皮羅閣眼看著這種情勢，便自然的想到兇悍的吐蕃，想到唐朝泱泱大國骨子裡對遠方小國的玩弄於股掌之間，不免憤恨鄰國的自相殘殺。

統一本區五國的想法開始在他腦裡萌芽。

當前的蒙舍雖擁有強大的精兵，但舉國上下卻似乎並無生氣，如果沒有雄赳赳的皮羅閣王子，整個蒙舍的空氣可能把人悶死。皮羅閣深知民間生活在昇平時代，需要變化以為調劑，因而鼓勵許多耗費精力的活動，該人人以國家的強盛為重。

關於統一各鄰國在掌握下的願望，皮羅閣不時在思索，不管付出什麼代價，也得積極和祕密的進行。然而，皮羅闍要創造新時代的野心，沒有第二個人曉得。

氣吞牛斗的壯志，內心因愛而空虛的煩惱，使皮羅闍容易暴怒，打獵成了他消耗精力和忘記苦惱的活動，多半，他只帶領著少數的隨從，進入深山老林，射鹿擒熊，殺虎驅象。由於他精力的充沛，內心有一種莫名的孤獨感，因此只有打獵的驚險，才足以平衡他複雜的情緒。

痛苦的事繼續發生，年輕的茉莉終於病危，皮羅闍顧不了宮中人的非議，曾遣退其他人，與那垂危的茉莉見面，衰弱的茉莉看到皮羅闍王子，強露出笑容，她想和他說話，但皮羅闍卻俯下身體，親切地和茉莉說道：

「放心，妳將會慢慢好起來的。」

茉莉流出眼淚，小聲和皮羅闍說：

「殿下別難過，茉莉此生已滿足，死後葬我在您所見的地方。那，那人間的娥萍，如果得不到，千萬別傷心。請記著，她內心中即使也愛您，但複雜的傳統禮教桎梏無法鬆解，何況，這世間有無數的人愛著您……」

茉莉的聲音逐漸微弱，她終於閉下眼簾，微笑地離開了人世。皮羅闍說不出一句話，他輕輕撫摸她的小臉……

茉莉死後，皮羅闍更深沉，更容易發怒。

除了蒙舍，其他五國此刻正認真地注意，均有同感盛羅皮將不久於人世，而皮羅闍一旦登基，大家彼此之間恐將難以高枕；差不多近年來，各國王宮無論喜歡與不喜歡，早已惟蒙舍王子馬首是膽，且各國也都明白，皮羅閣王子已經操著大家的生死之權。

鄧賧王曾想過要充實武備的問題，但是慈善提醒他，充實武備是不聰明的。慈善以為，目前充實武備，無異自取滅亡。聰明的慈善又曾透過越析王，致力一種長遠影響皮羅閣的努力。越析王建議與蒙舍增進友好，而且迅速把他堂妹襲姬送到巍山，同時有五個能歌善舞的宮女隨侍，說是獻給皮羅閣王子的。

越析王這一招是發生了作用的，這襲姬的身段玲瓏頗似茉莉，而其雍容華貴處卻有慈善之丰采。皮羅閣這些日子正感空虛，不時看看從麗江來的五人歌舞也有些開懷，那襲姬是受過特殊訓練的，欲拒還迎的與皮羅閣耍了幾個回合，彼此便已如膠似漆。

皮羅閣每當因空虛而暴怒時，襲姬總設法使他冷靜下來，從而使盡渾身解數使皮羅閣溶解在她的溫情之中。

要不是皮羅閣內心深處有一個慈善的影子，襲姬填補了王子因茉莉去逝的空虛，她很有可能會迅速得到皮羅閣的整顆心，皮羅閣在襲姬身上得到溫情是全然隨心所欲的痛快，襲姬用心體會皮羅閣的情緒變化原因，窺察皮羅閣心底的祕密頗有心得，所以皮羅閣已對她專寵……

在這段期間，皮羅閣牛刀小試使越析王的堂妹襲姬服服貼貼，襲姬不但發誓忠於皮羅閣，願意把生命奉獻給皮羅閣，甚且透露了她和其他五名宮女在被送來之前所受的訓練。

目前，皮羅閣已把鄰近各國勾心鬥角的事置諸不問，他已經不耐煩那些爭吵，他已一心想著他驚天動地的事業。仔細、不露風聲、圓滿和徹底的創造時代。最後，我要那人間的娥萍為我所有……

皮羅閣在深思中，歲月催人，英雄的黑髮中已現銀絲，然而由於他壯健，容光煥發，從外貌上看，皮羅閣更顯得英武和神聖了！

襲姬，因得到皮羅閣的情感及雨露滋潤，儀態愈來愈動人，兩腮吹彈得破。

在皮羅閣的懷抱中時，她總是嬌羞得令人油然而生憐愛之情；她給皮羅閣的經驗不像茉莉，茉莉似有些蕩，襲姬在最愉快的時刻，總是不發一語，不做聲息。皮羅閣往往在風狂雨急之際，仔細的看著她，向被他所征服的嬌花問道：

「妳為何不出任何聲息？若是妳哭或笑，我會更覺高興……」

襲姬還是沒有聲息，只有微笑；而她的手指卻用盡力量，好像要掐入皮羅閣的背脊裡，逐漸地那奔騰的馬像猛然挨了疼痛的鞭子，再加速四蹄，口裡禁不住發出喘息；這時間似乎很長遠，又似乎非常短暫，因為那奔跑終於戛然停止，皮羅閣靜止下來，靜止下來……

這時，襲姬用嬌弱的手撐起皮羅閣的頭，輕聲地問：

「殿下，殿下快樂嗎？」

皮羅閣覺得有趣極了，他知道這問話的含義，於是說道：

「襲姬，如果我的生命在方才這瞬間停止了呢？」

襲姬只是笑，這瞬間的笑，有茉莉所具有的放蕩的儀態。

皮羅閣輕輕的擰一下襲姬的臉，問：

「誰教你的呢？」

襲姬依然只是笑。

皮羅閣與襲姬已深深墜入閨房之樂中。

這小小的閨房演變，對南詔與唐朝，對唐朝與吐蕃，以及吐蕃與南詔的歷史有了重大影響，此即襲姬終於懷孕，十月懷胎後產下麟兒，這麟兒便是後來使唐朝十萬大軍敗於西洱河的閣羅鳳。

根據父子連名的習慣，從皮羅閣的曾祖父算起，他們是：

細奴羅、羅盛、盛羅皮、皮羅閣、閣羅鳳。

皮羅閣此去，就要為他兒子開創新的事業。

公元六八二年，盛羅皮與世長辭，享壽五十六歲。臨終時，他曾以微弱的聲音敦促兒子：

「世間最無情的是時間……」

盛羅皮一死，皮羅閣立刻下令整個蒙舍宮嚴守祕密，且在王宮外圍有層層疊疊的封鎖，防止消息外洩；宮外百姓紛紛猜測宮中究竟發生何事，但一無所知。

七天過後，盛羅皮駕崩的消息方公開宣布，與此同時，皮羅閣還宣布了一批最高級的文武官員，計三位清平官，其中以高康定為首；六位大軍將，其中以猛刀為首。而高康定方就任清平官，即祕密離開蒙舍，領著十多匹馬前赴唐朝。

誰也不知道皮羅閣要做什麼？

與此同時選定大理的大和村為新宮，並動員龐大工匠前往建造，一切祕密從事。

猛刀是負責督建新宮的首腦。

另外，皮羅閣選派了五個代表團至各國報喪，並暗示新王須孝滿百日後方擇吉登基，屆時將另派專使通報。皮羅閣的所作所為，漸漸的令人生畏。

所有這些祕密和公開的事情，立刻使整個蒙舍民間掀起許多傳聞，議論紛紛，大家都猜測著，新王正開始一項翻天覆地的活動，但卻不知怎樣翻天覆地法。然而，蒙舍居民無論如何對皮羅閣充滿信心，畏他但卻愛他，對未來的日子致有樂觀的期待。

督造大理新宮期間，猛刀不時回到蒙舍。而蒙舍將遷都大和村的消息，最受震驚的則是鄧睒。

康鄧任何事情，都向慈善問計。

慈善在很長時間不能從襲姬處得到任何關於蒙舍的動靜，心中不免憂慮，他總覺得，皮羅閣是不堪寂寞的，他是會創造時代的人。蒙舍王宮一旦遷到大理的大和村，將與鄧睒非常接近，皮羅閣究竟意欲為何？關於這個消息，慈善也曾和越析王交換過意見，越析王的想法是，除了唐朝的劍南節度使，誰也不能阻止蒙舍遷宮於大理，不如做個順水人情，表示贊成，表示歡迎。

如果得不到劍南節度使的同意，蒙舍又怎敢貿然把王宮遷到大理？慈善於是決定，由康鄧致書皮羅閣，表示已聞悉蒙舍準備遷宮的事，鄧賧方面從上到下都非常歡喜……

大和村的新宮依時建造完成，在新宮附近還有一座小巧的樓房，周圍種滿花卉。皮羅閣曾親往看過，認為滿意。之後，蒙舍精兵逐漸移至大理周圍。

六月十日開始，皮羅閣派出五個專使飛馬出發，持著蒙舍王的公文往通知各國，邀請各王於二十四日中午前光臨大理，共同慶祝蒙舍喬遷新宮。各專使並負責小心地口頭轉達各王：

「慶祝遷宮實係遮掩手法，實際上邀各位親至大理，旨在討論一項應付唐朝的大問題，必須親自前來。」

原來自羅盛當年前往長安去來，中原方面的重要事情，多半都由蒙舍轉達，最接近益州的蒙巂王因此歷來對蒙舍懷恨在心，但蒙舍實力雄厚，也就無可奈何，那個教他命不如人。

大理已經變得繁榮了，因為蒙舍宮就要遷來大和村，最接近大理的鄧賧，對於大理的情形非常注意；鄧賧王自然為未來而擔憂著，但無可奈何，國勢日危之舵，則由慈善小心翼翼的掌著。

六月二十四日愈來愈接近，慈善開始憂慮，她預感到，皮羅閣會有什麼毒辣的陰謀，她不主張康鄧親赴大理。然而，鄧賧王告訴慈善，就算皮羅閣有什麼陰謀，也得親赴大理；因為開罪了皮羅閣，如果他對鄧賧有何打算，也無從抵抗。作為一國之君，處強鄰之側，只有置生死於度外一途。而今是只有聽天由命了。

二十四日東方發白時，鄧賧王動身前往大理時，慈善仍希望他改變主意，說由清平官代表前去，推說有病就是了，但鄧賧王遲疑了一會，仍決意出發，對慈善道：

「自我倆婚後，彼此未離開過半步；我本是捨不得離開你的，但皮羅閣既非要我親自去不可，想來他也不能把我一口吃了；何況還有其他四王，我不能示弱，我是必須去的……」

慈善默默，眼眶汪滿淚水。

鄧賧王乃說道：

「你放心好了，三天後我便會回來的。」

慈善這時方啟口道：

「陛下決心前去也罷！」說時，隨手遞過一隻鐵釧，囑咐鄧賧王說：

「這隻鐵釧，務請戴在臂上，須到回來方脫。它代表著我。」

遞過鐵釧，她落下眼淚。

鄧賧王只想著她是經不起這首次別離之苦，也覺心裡酸溜溜的，而隨手把慈善遞過的鐵釧戴在手臂上，慈善做什麼，都是有理由的，是對的。

慈善這時又把大軍將蔡莊拉到一旁，囑咐了些話，這才對康鄧說道：

「陛下就動身吧，諸祈珍重！」

鄧賧王的出國隊伍，一共不到十騎，由大軍將蔡莊陪伴著鄧賧王，其他八騎盡是禮品和用物，另有三兩個壯年的馬夫。

鄧賧王和蔡莊兩騎，一黑一白走在前面。當快要到達上關時，大風吹起，風中夾著沙粒，打在臉上像針刺般痛，隨時得閉起雙目；連馬也慢下四蹄，不時嘶叫，彷彿不樂意前往大理一般。

「好大的風啊！」鄧賧王對蔡莊說。

蔡莊接口道：

「是了，陛下！但這上關的風還不關緊要，大理以下，下關的風才可怕哩。在秋天裡，下關的風是連鵝卵石都吹在空中飛舞的。據說，當年西蜀軍師孔明到達下關時，因覺飛沙走石之可怖，還特別祭拜一番呢。」

鄧賧王點了點頭，又對蔡莊說：

「此去，我想不致被皮羅閣把我們生吞了吧！」

蔡莊說：

「陛下，我們見機而行便是了。」

鄧賧王笑道：

「皮羅閣要生吞我們，難道還逃得了？」

蔡莊一時不知怎樣對答，這時他想起慈善臨別依依的諸種情形，又記起慈善叮囑的話；因為慈善一向是鄧賧智慧之星，她的見解從來指引著這小王國的精神而不墜。

這天臨行時，慈善曾叮囑蔡莊，到了大理不要離開國王一步；各國國王都在一塊時，須留意皮羅閣是否在場；隨時提醒陛下禮畢即行歸國。

慈善對康鄧此去懷著無限隱憂……

在大理，全城張燈結綵，一片喜氣洋洋；遠在長安的唐天子，做夢也想不到這點蒼山腳下的石頭城，有如此豪華的場面。皮羅閣英武得幾乎就跟唐朝的李世民一樣，他正要創造歷史。

鄧賧王一路上，只想念著他心愛的慈善，離開了慈善，他彷彿無依無靠。再又聯想到她此番的諸多憂慮，而真的此去又將會有什麼遭遇呢？

進入上關，到達喜洲，鄧賧王一行方歇下休息。康鄧這時彷彿已到了天涯海角，感慨萬端，在小的時候，他曾和祖父去過越析，但卻並不覺得遙遠。想著，他的眼皮好端端的在跳，於是他小聲的對蔡莊說道：

「不知怎的，我眼皮跳得厲害，是否此去將會遭遇什麼不幸？」

蔡莊接口道：

「陛下不必憂慮，眼皮跳大致是因為慈善娘娘在念著陛下。」

在鄧睒，慈善曾有所準備，三十多匹馬集中待用，配備著三天用的乾糧，以及夜間用的火把。

慈善的右眼皮不斷的在跳。

二十四日的大理城，天朗氣清，朵朵白雲飄浮在天空，洱海底也一片青天白雲。日中以前，各王如期到達，由此可見皮羅閣當今的威望，已令其他五詔懼怕。實則這是遷都的大喜日子，很自然的，五國國王也都樂意討好皮羅閣，惟恐怠慢……

前來大理慶蒙舍遷都的各國王中，蒙雋衛隊達兩百之眾，越析次之，浪穹及施浪兩王也各帶武士四十。以隨從人員而論，鄧睒王最為寒酸；十足一個小國之王的姿態。

但無論如何，鄧睒王卻受各國的特別注意，微妙極了，鄧睒王之受重視，乃是因為他的王妃是舉世知名的越析美人；當今智慧之星！

大理在歌樂聲中，歡天喜地的人群從四方八面趕到；「皮羅閣萬歲」之聲隨處可聞。這種局面，的確象徵了蒙舍的強盛。皮羅閣小時曾聽到羅盛講述中原天朝的繁華景象，但他沒有親眼見過；目前的大理，在皮羅閣想，與長安相比，大致已差不了多遠。

皮羅閣不斷的在想，明天的大理將會使長安另眼相看；想到長安，皮羅閣還是有幾分恐懼，上下牙床一陣陣嚼動著，旁人可從其兩腮上看出，他心中似有什麼事情。這時，他又想到代表他前去會晤劍南節度使的清平官高康定，他的任務是否會順利達成呢？也該是回來的時候了啊！

皮羅閣首先引導其它五國王，參觀在大和村新建的王宮；各人不免讚嘆蒙舍新宮的巍峨壯麗，背山面海，左右氣象萬千，宮內陳設簡單，但顯現出皮羅閣其人的勇敢和威武，鹿角、象牙及虎皮點綴其間，據說都是皮羅閣自己的獵物。

就靠大和村這地勢，皮羅閣只須在上關及下關擺下兩萬兵馬，唐朝是無奈他何的；換句話說，其他五王現已身居虎穴，如果未經皮羅閣允許，他們也插翅難飛，此刻參觀著蒙舍新宮的蒙巂王，心中已微微的感到恐懼，他曾自責，為何「聰明一世糊塗一時」，此番不是自投羅網了嗎？

這時，蒙巂王看到附近另一座精緻的小樓，開口問皮羅閣：

「那座小樓可美觀極了，是作什麼用的？」

皮羅閣故作神祕地答道：

「那，那小樓四周種滿奇花異卉，宮中有小路可通，小樓由美女管理，是專門休息用的。」

蒙巂王以討好皮羅閣的口氣笑道：

「或許那是享艷福的小王宮了！」

接著又說道：

「我們恐怕沒有福氣看看的了！」

皮羅閣趁機說道：

「先太上王在世時，直以光明正大教我；本人今天邀請各位光臨，一則固是討論我們生存在唐朝吐蕃間的前途，我真真正正的意思，也無非想把蒙舍的一切讓各位知道；因此，就是那座賞花樓，雖說是我自己休息之所，自然也是要請諸位欣賞一番的。」

皮羅閣說到此，有宮女走到他面前耳語了兩句話，一時面呈興奮之色，復對其他各王道：

「諸位大王隨便的坐一會，我一會便來奉陪。」

皮羅閣步出大殿，匆匆進入右旁廳房，高康定迎了上來。還不待他開口，皮羅閣便焦急的問：

「一切是否順利？」

「諸事順利，劍南節度使已飛馬上奏唐廷了。」

「他是同意了！」

高康定道：

「他名利雙收，當然一口答應了。」

皮羅閣萬分的高興，又對高康定道：

「你把情形簡單的說說吧！」

高康定道：

「那王昱聽了我的話後，便表示只要做得妥當，唐廷當無問題，當他看到陛下的禮物時，似乎滿心歡喜；我怕他不明白它的貴重，特別提醒他說，那對一尺多高的象，是用金沙鑄成的；象鼻上捲著的綠玉是撣國那邊來的。」

皮羅閣又問：

「那王昱多大年紀？」

「六十開外了；看樣子已經活不久了。」

這時，皮羅閣腦中掠過當年羅盛對越析王的談話，唐朝的邊官勢大，又想到此番劍南節度使之容易串通，不免對偌大的天朝打了幾分折扣，膽子也就無形中更壯了，接著對高康定說：

「這次你辛苦了。眼前的事都已妥當，一切自會爽快完成。你先去養養精神，我還得去與他們周旋一陣。」

皮羅閣回到大殿，當即傳令叫賞花樓上那五個宮女來，讓各位大王評賞。不一會，五個美女已進入跪下。

越析和鄧賧一望而知，這些女人正是前些時越析選了送到蒙舍請皮羅閣清火的。

皮羅閣聲如洪鐘，對其他五位小國之君說道：「這些美女都是人間尤物，我已在賞花樓上備上象鼻熊掌酒席，準備與各位共醉一番，由這些嬌兒陪酒，大家務必開懷，不醉不散。」

除了越析鄧睒兩王，都把眼光向越析一掃，又互相打了照面，似乎對越析王有幾分恥笑。越析王自然有幾分不好意思，也還有幾分擔心，不知道皮羅閣存的什麼心，要弄什麼花樣？葫蘆裡賣的究竟是什麼藥？

大和村蒙舍大殿，這時靜了一會兒，這是巧合，因在座各位還沒有想出要講的話。還算蒙雟王打破沉寂，說：

「六國國王，五名下凡天仙，如何分配？一旦打起來才精彩哩！」

蒙雟王話方出口，引起一陣哄堂。

皮羅閣登時說道：

「我既是東道，還能和大家爭吃嗎？」

又是一陣哄堂。

之後，皮羅閣揮手令美女退下，說：

「叫襲姬登殿。」越析王聽到要襲姬登殿，有幾分尷尬。

襲姬華服而上，先向越析王行了禮方走近皮羅閣。皮羅閣和顏悅色的吩咐襲姬：

「待賞花樓酒席擺好，便來告訴我。」

襲姬從容離開後，蒙雟詔又說：

「這小巧美人，自然就是東道主的了？」

又一陣哄堂。

皮羅閣此時莊重的說：

「方才這位美女，乃是越析王的表妹。」

這時大家都看了越析王一下，空氣逐漸輕鬆，大致蒙巂王已不覺得身在虎穴了。鄧賧王心中的恐懼亦已似乎煙消雲散……

大理天氣晴朗極了，沒有半點風沙。

在精緻的賞花樓中，空前珍貴的盛宴已備齊全，雖非龍肝鳳腦，但皆象鼻熊掌，鹿筋竹蛆，全都是好菜，全樓盡由鮮花滿綴，聞得到花香酒香與烤鹿肉香。

這時襲姬前來通報，酒席齊備。

皮羅閣隨即對猛刀道：

「我與各位大王將上賞花樓密談，各國前來的武士隨從，由你陪伴在後殿喝酒，好好招待，不得怠慢。」

各王隨身武士，即時準備隨猛刀退下大殿，但隨鄧賧王而來的蔡莊卻遲疑不前，他不願離開他的主人，猛刀見此情形，忙對蔡莊道：

「大人請放心，大理非常平靜。」

鄧賧王當時見此情形，覺得有些不好意思，乃示意蔡莊，不必護駕。另一方面，蔡莊因見皮羅閣與各王同行，也就放了心。可是蔡莊卻也未隨猛刀進入後殿，他不知用什麼計策，一個人牽了馬跑到賞花樓附近山坡上坐著，遠遠守望著主人飲宴的賞花樓，深恐有失。

大理在狂歡中，一片歌舞昇平。

在點蒼山腳下，在洱海之濱，蒙舍朝氣蓬勃。除了少數的幾個人，他們當年曾經跟隨羅盛去過長安，知道長安的繁華場面，這大理的現狀自然不算什麼；但其他所有沉迷在當今的大理的生命，卻不曾見過比這更偉大的繁華場面，因此他們快樂和驕傲、興奮和陶醉，忘形地狂飲，得意地載歌載舞，在他們心目中，蒙舍實在是強大極了！

賞花樓周圍雖然沒有森嚴的戒備，但沒有閒人敢於越雷池一步，因為那是王宮禁地，是偉大的皮羅閣之所在。

襲姬和其他五個來自越析的美女，伺候六位國王在飲酒，那情形彷彿有些放蕩，因為皮羅閣先把襲姬抱在他膝上，她舉杯餵他酒，皮羅閣縱聲大笑，瀟灑豪放。

其他各王雖維持著客人的拘謹，但因皮羅閣那麼不顧一切的開心，放浪形骸，他們豈能太過嚴肅，何況那五位越析美人，盡皆秋波頻送，她們許久以來不曾接近過男性，而今天卻是被允許盡情放蕩的日子；自從來到蒙舍，除了襲姬得到皮羅閣的寵愛，且實際成了王妃，生了太子，其他各人便彷彿豬一般被養著，沒有男人親近她們，因此寂寞得難以忍受，無聊到不知如何是好，此刻卻可任意作樂，大膽勾引賣弄，怎樣放蕩都行。

在準備遷宮的前幾天，她們才被護送來大理。到了二十四號早晨，才又由襲姬告訴她們，要她們陪各國王飲酒，務必使出渾身解數，討得客人歡心，這五個性飢渴的少女，對這個突如其來的機會是喜出望外的，她們內心裡，不禁產生許多幻想。至於當初自越析而來的任務，因環境完全出乎意料，皮羅閣對她們不屑一顧，也就毫無用武之地。

這幾個美人，都經過獻媚的訓練。賞花樓而今成了她們盡情賣弄之所，各國國王見皮羅閣隨心所欲，也就順手取樂，一時騷聲與淫笑聲回蕩。但無論如何，康鄧是未曾飲酒的。

吃喝調笑了一陣，蒙雋王似清醒過來，問：

「還要商量什麼天下大事？可開始了！」

蒙雋王這一問，提醒了大家，一時間你看我我看你，而又都看向皮羅閣。

皮羅閣見各人都看他，趕忙用絲巾擦一下嘴，很親切的對襲姬說：

「叫女人們都離開，之後你們把門關上。」

襲姬也不知皮羅閣弄什麼花樣，領其他五女下樓。

但立刻，皮羅閣又說：

「除襲姬外，其餘先走。」

襲姬留下，其餘五女下了賞花樓，皮羅閣對襲姬道：「請為各位大王斟滿酒，之後到樓腳守候，任何人不許近樓。」襲姬準確而敏捷的斟了酒，扭著腰兒走出樓門。

這已是黃昏時候。

皮羅閣開始他艱鉅的工作，慎重其事的，從容不迫的宣布：

「我要與各位商討的事，也並不是天就要塌下來，而是唐朝有吞滅我們南中蒼洱區各小國的計劃，恐怕他們立刻便要動手。」

皮羅閣一邊講，一邊明察秋毫的看各王的反應。當時，越析、浪穹、施浪及鄧賧四王，一聽之下，不約而同把目光望向蒙雟王；大家似乎心照不宣，這種的消息蒙雟王定必是已經知道了的。蒙雟王近年來一直與劍南節度使過從甚密；這究竟是怎麼一回事呢？

蒙雟王頓時感到難安，猶之乎義不容辭，立刻反問皮羅閣：

「不知消息從何處來，是否可靠？」

皮羅閣自覺在此一髮千鈞之際，計已得逞，笑道：

「可靠與否，聽我說來。唐朝的陰謀，是分兵兩路，一路是從姚州先取蒙舍舊都；另一路則由益州出兵，迅速攻佔蒙雟。又聞說，實際上進攻蒙雟不會受到抵抗……」

話說到這裡，蒙雟王氣得要暴跳，質問：

「我覺得這是挑撥離間的狡計。」

皮羅閣這時冷冷的說了一聲「有捉到的奸細為證」，隨手舉起酒呷了一大口，把眼睛盯住蒙雋王，賞花樓空氣頓時緊張，似乎可能會大打出手。

一時間，五王不免莫知所措，幸由爽朗的越析王瞬即打破這難堪的局面。

他道：

「天掉下來大家也不用爭吵，不如請蒙舍王把那奸細捉來讓大家一瞻手采，大家也可判明究竟是真是偽？」

越析王話剛結束，皮羅閣便道：

「這是好主意，但此時無人傳旨奈何？」

蒙雋王心想，這分明是皮羅閣的狡計，因而逼緊一步，帶著諷刺的口吻說道：

「若是真捉到奸細，就勞大王親自下樓傳旨吧！」

話雖不十分客氣，但卻正中在坐各人心意，大家的視線集中在皮羅閣身上，要看他怎樣招架蒙雋王這步步逼緊的口氣。

皮羅閣沉著應付，故意顯出急躁不安的神情叫道：

「想不到我皮羅閣要聽命別人！」

皮羅閣邊說著，邊自己斟滿酒，接著大聲說道：

「大家先乾杯吧！」

蒙雋王表露著不悅之色，也無意喝酒。可是皮羅閣裝作不曾覺察出來，舉杯牛飲，一飲而盡，然後把酒杯重重的擲在桌子上。

這時刻，皮羅閣的心緒有些許的不安；蒼洱區的歷史就要改變，這些稱孤道寡的王，豈不都是笨蛋，也真是荒天下之大唐！

皮羅閣拱手向五王為禮，離開席位，無疑地他是要下樓傳旨的了……

皮羅閣穩重的走出樓門，再輕輕把門關上，同時迅速地從外面把門反閂了，飛跑離開現場，皮羅閣緊咬著牙關，想著在蒼洱之間就要上演的大戲，也想到慈善的雍容儀態。

賞花樓上，皮羅閣方離開，越雋王得意洋洋的說：

「蒙舍今天算是強大了，但皮羅閣驕傲的作風，所作所為不得民心，終久是要失敗的。且看他是否真的拿得出奸細來！」

方才皮羅閣一下了賞花樓，在樓腳咳了一聲嗽，便人不知鬼不覺的溜了。就在這一瞬間，賞花樓下冒起無數熊熊火光，整座樓陷入火燄中。一把火燒死五位國王的歷史悲劇演出，坐中五王身知中計時，火已燒到身上，連慘叫的機會都沒有了。

這是一宗慘無人道的政治謀殺，這是陰險狡詐的皮羅閣的傑作；也因為這幕殘忍的火燒松明樓的悲劇，蒙氏——南詔統一了其他五國而終於成為唐朝與吐蕃兩大之間的折衝鎖鑰。對於這悲劇的演出，唐朝的劍南節度使有洗不清縱容之嫌，但長安對此卻是欣賞，利用南詔對付吐蕃將來容易多了，吐蕃立即提高警覺，大批的密宗高手被派赴西昌，逐漸滲透入蒼洱彝族和白族地區。

悲劇一經上演，蒼洱地區的生殺大勢改變。

大和村蒙舍新王宮後殿，來自蒙雋、越析、浪穹、施浪和鄧睒五國的武士隨從，當看到前面的賞花樓陷入大火中時，都驚恐萬狀，大驚失色，已知道發生了地慘天愁的殺人毀屍案件，有的想飛奔前往對他們的主人盡忠，有的居然痛哭起來，但不管這群武士的態度怎樣，卻都已身不由主，他們已陷入重兵包圍之中，成了甕中之鱉。

蒙舍對這幕慘劇的演出不但佈置週到而且井井有條。這一瞬間，蒙舍的第一號統兵猛刀出現在各國武士衛隊之前，他大聲宣布：

「蒼天在上！諸位不必驚恐，賞花樓大火乃是一個劫數，火是無法撲滅的，事到如今，既來之則安之，還是繼續喝酒吃肉吧！識時務者為俊傑，大家都即將陞官發財，不必有反抗之心，忠於皮羅閣是萬無一失的，乾杯！吃肉！……」

多半的外來人員，都聽不進猛刀的高聲咆哮，但見到殿前殿後刀光耀目，殺氣騰騰，因而也就不敢妄動，滿頭大汗，聽天由命就是了。

蒙雋等五國國王是被活活燒死了，所帶來的武士隨從已一網成擒，至於幹下這謀殺事件的皮羅閣，其本人自咳出放火訊號的那聲嗽後，便已騎上早備好的馬，由二十個隨從快馬加鞭到喜洲去了。他深恐這幕悲劇會引起兵甲衝突，預先在喜洲佈置了一個指揮大局的堡壘。皮羅閣是不會幹沒有把握的事的，除了無法把慈善弄到手。

要說蒙舍在事前已把這幕悲劇的可能發展演變都已有了週詳的佈置與預防，也不盡然，賞花樓大火起時，坐在樓後山坡虎視眈眈的蔡莊乃是漏網之魚，他曾奔到賞花樓想救康鄧，但已經來不及了。這時他痛哭起來，也想到慈善在臨行時的叮囑，而現在唯一能做的，是趕快趕回鄧川將噩耗向慈善娘娘報告。於是，蔡莊翻身騎在白馬背上，趕返鄧賧。他一面加鞭，一面痛哭流泣，他覺得，整個大地黑暗，只有慈善娘娘是黑暗人間的一盞明燈……

在驚悸之餘，大理老百姓紛紛議論火燒賞花樓的慘劇，賞花樓全座係由松樹明子建的消息迅速傳遍蒼洱地區，於是大家心裡明白，這究竟是怎麼一回事。又傳聞，當大火起時，賞花樓曾傳出慘叫之聲，後來又都知道，被燒死在賞花樓中的是蒙雋等五位國王。幸好，皮羅閣未在其中。又漸漸的，人人都已清楚，這是蒙舍王有計劃的謀殺。

有人說，好慘！

鄧賧宮中，當慈善聞悉蔡莊單騎回來，已知事變，只聽蔡莊說了兩三句話，她便備好乾糧火把，自己騎上馬，領著一小隊人星夜趕赴大理。慈善前面出發，後面已有人群，點著火把向大理進發，從鄧賧到大和村，火把形如一條金龍，高舉著火把的鄧賧人個個顯得非常悲傷，心情沉重。

就在六月二十四日夜裡，慈善已趕到廢墟現場，她表情嚴肅，一言不發，在廢墟中尋找康鄧的屍骸！她撥翻餘燼，連手指都流血，終於憑康鄧手臂上的鐵釧認出夫屍。她尋找夫屍之際，後面源源而至的火把將黑夜變為白晝，情景非常悲壯。找到康鄧的遺體，慈善親自運回鄧賧。

慈善娘娘的賢淑早已聲名遠播，遠近婦女人人爭相學她做人，所有的人，對她都非常敬愛。當大理老百姓聞悉慈善星夜趕到大理尋夫屍的悲壯情節，莫不悽然下淚，有的婦女竟自動奔往火場廢墟，陪伴慈善。

群眾眼見慈善娘娘的面孔冷若冰霜，指揮若定，把鄧賧王的遺體馱在馬上，頭也不回，趕回鄧賧王宮。

蒼山頂的雪像在溶化，溶雪變成溪水涔涔而下，流入冰冷的洱海；洱海海面被下關吹來的狂風掀起海浪，海浪聲如泣如訴。蒼洱區的人歷來善良而多情，又信仰著雞足山的佛爺和尚，以至因火燒「松明樓」的悲劇而萬分傷感。

感人心肺的悲壯事蹟往往會被擴大渲染。

慈善憑鐵釧找到夫骨的故事傳遍遐邇，特別是皮羅閣，他知道的比任何人清楚，終於下淚。皮羅閣內心非常難過，慈善的影子縈繞在他腦裡；他墜入深思中，他想：

「慈善是多麼了不起的女人！她難道已預先知道一切？」

目前，皮羅閣已統一了六國，但他內心深處卻彷彿壓上一件東西……

慈善才是真正偉大的；

慈善才是他所追求的……

但皮羅閣此時得準備很多事，控制其他五國他早有準備，松明樓起火的事極之卑鄙要怎麼解釋呢？比起慈善來，自己只是一個大笨蛋！為了尋找夫屍，慈善在蒼洱區民眾的腦海中已經站在神聖崇高之天。蒙氏統一其他五國後，可說諸事順利，不但各五國沒有重大的抵抗，唐朝居然還對他的敢作敢為備極嘉許。

眼前的事每件都已隨心所欲，皮羅閣卻陷入深深的內心的苦悶中，他不知如何去見慈善。他愛著慈善；慈善的影子占據了皮羅閣的思緒，他情緒紊亂，知道自己能燒死其他五個國王，但卻無法征服一個慈善，要怎樣方能贏取這智慧之星呢？

皮羅閣苦思了七天，終於決定親赴鄧賧見慈善。七月初四一早，寂寞的皮羅閣帶領著少數隨從，到達鄧賧城下。

鄧賧城門虛掩著，老百姓面無笑容，穿著孝服，皮羅閣不由得感到一陣心酸，這便是火燒松明樓的結果，慈善怎會原諒他呢？

「啊！現在你是唯一的王！這是你的城，是你的老百姓。」想到此，皮羅閣方止住酸楚的情緒，想著自己未來的責任，更想到美麗的慈善就要出現眼前。只要他決定，慈善是不能反抗的，因為他是王。

在鄧睒北門城下，皮羅閣勒住韁繩，所有隨從也都停止前進，皮羅閣從來沒有這麼低聲下氣過，這是愛的魔力約束著他，雖是征服者，也不敢輕舉妄動。

皮羅閣抬頭向城頭喚道：

「誰是守城人？」

城頭上立刻露出一張憂愁的臉，看向城下，啟口道：

「城門是開著的，不管是誰，請進就是。」

皮羅閣心平氣和地說道：

「我要你立刻通報慈善妃，說我要在這兒見她。」

皮羅閣話方說完，那張憂愁的臉孔消失了。皮羅閣耐心的等著。他本是可以長驅直入的，但他停留在那兒，絲毫不覺煩燥，好似乎愈是等得久，愈足以減少他內心的歉疚似的，此時的他是何等的罪孽深重，不可能得到心中所愛的女人原諒。

時間一陣陣的過去，大約過了一炷香時間，慈善素服出現在城樓上，儀態冷若冰霜，對城樓下的皮羅閣說道：

「陛下有何話說？」

皮羅閣望向慈善，其面貌神聖不可侵犯，所謂大哀默默，憂傷的氣色掩蓋不盡傾城之美；皮羅閣竟一時答不出話，眼淚直流。

「陛下有何聖旨？」
慈善催促著，語氣像尖刀般刺痛著城下的殺人魔王……
皮羅閣滿腹心事，既羞且愧，不知如何啟口，稍過了一會，才說道：
「一切錯由我起，但事情已經過去，我來請罪，同時請你節哀順變。」
慈善道：
「陛下莫非專為此而來？」
皮羅閣嘆了一口氣，繼續道：
「我請求你答應，輔佐我。」
慈善簡短地，無情地答道：
「王命豈敢不從？此事待妾孝滿百日之後再議。」
此話使皮羅閣進退不得，心中又著實的愛著對方，也就只有順從，因而接口道：
「願佛祖保佑，等你孝滿百日，我將再來迎你就是。」
慈善冷冰冰地答了一聲「聽命！」
「再見！」皮羅閣勒馬回頭，心中暗暗的讚了一聲：「傑出的美人，偉大的女性。」
另一方面，慈善在極度哀愁中，對於皮羅閣的低聲下氣，絕非普通的人所能做到；又想起皮羅閣在麗江初次見她時的失態，禁不住牽動遐思，聯想到命運的奇妙，當初要不是鄧賧的照亮娘娘棋先一著，她很可能是嫁了皮羅閣的；在她幼時的心靈中，雖初解風情，也早看出皮羅閣的遠大前程，無論如何，皮羅閣並非常人。過去的事，一幕幕在她腦際閃過，同時她一面責備自己，何能這般放肆……

大理城一片歡天喜地慶祝統一，皮羅閣心中卻是寂寞與哀傷，若有所失。當他回到大和村新王宮時，龔姬早在宮外迎接，其他文武百官稍才知道皮羅閣已自鄧賧回來。

南詔宮中積極的準備來一次空前的大典，長安天朝使臣已把「雲南王」的封賜送來。可是皮羅閣把各事壓下來，他並不開心。

皮羅閣不知在等什麼，蒙舍新宮中都知道，他們的偉大君主有一件未為人知的心事……

一百天艱難的日子過去。

十月十五日那天清早，南詔皮羅閣再度領著少數人馬，輕裝簡出，直奔鄧賧。

越過上關，陽光像火般，熱辣辣的，遠處有牛羊群在蠕動著。

鄧賧城門洞開，街道間並無異樣，皮羅閣直赴鄧賧王宮，方到宮門，便覺悽楚冷清，他親自下馬推開宮門，竟是鴉雀無聲，似無人跡，心頭一片傷感，好生奇異，難道這王宮已空無一人？隨從見皮羅閣的表情異乎尋常，不敢多問，只跟著他亦步亦趨，直行至大殿石階前面……

皮羅閣為這悽涼的情景所觸動，突然想到慈善，一種莫名的失望襲擊心頭，不知怎地，他突如其來地哭起來，吼了一聲「慈善！」隨即眼淚奪眶而出，沿腮而下，這時他像一個孩子。

皮羅閣後面跟隨著的心腹，自然知道這是怎麼回事；他們被這情景所動，也為之熱淚盈眶……

這時大殿裡走出一個身穿孝服的老婆子，她慢吞吞的開口問道：

「來者是什麼人？來做什麼？」

皮羅閣忙直趨老婆子面前，問道：

「慈善娘娘在哪裡？」

老婆子不禁流淚，答說：

「慈善娘娘嗎？她已經歸天了。」

南詔皮羅閣一個字也說不出。

一代英雄眼淚直流。

隨從中有人輕聲告訴那老婆子來者是誰。

老婆子聽後，立刻跪下，奏道：

「我們鄧睒智慧之星，意志堅決，十多天前便已開始絕食，而且滴水不進，任何人勸說無效；宮中人實際早被安置回家。我是康鄧王的奶娘，自願留在這兒，慈善娘娘昨早方斷氣，臨歸天時，鄧川城大雨滂沱，天愁地慘，她留下幾句遺言。」

「那遺言是怎樣說的？」

老婆子傷心地哭起來，眼淚彷彿早已乾了似的，說道：

「只兩句——屍體與康鄧王同葬，對皮羅閣不必抵抗。」

一代英雄此時淚灑胸懷，萬分慚愧，極之空虛和失望。

皮羅閣不由的嘆了一聲長氣，自言自語：

「了不起的慈善娘娘！」

懷著淒楚的心，皮羅閣下令彝族、白族及磨些全區掛孝，照慈善的遺囑把其屍體與康鄧王合葬在一起。同時宣布把鄧川城改名為「德源城」，封慈善為「寧北妃」。

經此一番刺激，皮羅閣在情感上頓然深一層的成熟，節操突然為之昇華，意志更為堅強。慈善完整的人格和不可侵犯的儀態在他心中成了偉大婦女的典範。

慈善的影子，像點蒼山頂的積雪，晶瑩於皓日當空；慈善的智慧，像清澈照人的洱海，掩映著藍天白雲，純潔而一塵不染。

皮羅閣什麼都滿足了，但愛著一個女人的心永難補償……

回到宮中，他把閣羅鳳抱在懷中，想著下一代將有什麼大業可創？慈善既已歸天，閣羅鳳的母親襲姬一千個應該是王妃了。想到兒子，也就想到要為下一代積點德，又為了安慰人心表示懺悔，乃在大理城外建一座「柏節祠」，老百姓跟著尊慈善為「柏節聖妃」，後來還在祠裡立上一塊匾，刻著「鐵釧千秋」四字。

夜靜更深，皮羅閣自己譴責：

「野心家，殺人者，怎麼配愛慈善？」

翌年的六月二十四日黃昏時分，大理及周圍附近的老百姓都舉著火把向昔日的松明樓廢墟進發，為追懷慈善尋夫屍的悲壯事蹟，為悼念被燒死的五個國王，而對皮羅閣的殘忍行為作無聲的譴責。

皮羅閣躊躇滿志之餘，內心卻難安適，他知道民眾悼念松明樓是怎麼一回事，因而他自言自語：「慈善將永垂不朽！」於是他下令，以每年的六月二十四日為「火把節」。

自那時起，一直到今，雲南民間每到六月二十四日都有火把節的舉行。鄧川一直被稱為「德源」。寧北妃以至柏節聖妃在人們心目中變為大理北門本主，也被尊為德源本主；慈善已經成神！

蒼山洱海地區一直流傳著下面四句通俗詩：

點蒼山雪悼五王，
鄧川變了德源城；
寧北妃激勵南詔，
皮羅閣英雄傷懷！

# 點蒼春寒

您要我說什麼？一千個一萬個愛著您！愛著您；只要能愛著您，我寧願您不是詔，但願這大理整個的毀滅！哥哥，若是您不是詔而是平民多好！只因哥哥是詔，使我這分明愛著您的心覺得遺憾，如果哥哥不是詔而是平民，我這愛著您的心早就奉獻出來了，我要盡情的愛，我要您只屬於生香一個人而不屬於大理！

公元七七八年唐代宗大歷年間，雲南大理秋天九月，受下關風的影響，雪花亂飛；蒼山頂上的積雪與白雲相接。南詔神武王閣羅鳳駕崩，舉國掛孝；大和村被悲傷氣氛籠罩。閣羅鳳之死，吐蕃迅速獲知訊息，很快就派了特使到大理祭弔。南詔王位由二十三歲的異牟尋繼承，襲長安封的雲南王，大和宮稱「孝恆王」。異牟尋是閣羅鳳的孫子，至於神武王的兒子鳳迦異，已在唐朝進軍大理時死於亂軍之中。當時，閣羅鳳雖痛心兒子慘死，但卻擊敗了李宓大軍；李宓身死，其副將何履光僅以身免，唐軍敗得慘極了，前後喪師二十萬，大理於心難忍，乃斂戰心，築萬人塚以祭，名「唐天寶戰亡士卒之墓」。

異牟尋在天凍雪飄之際，含著眼淚繼承了他祖父閣羅鳳的王位；閣羅鳳是蒙氏開國以來最偉大的詔，領唐朝欽賜的巍州刺史銜；吐蕃封為「長壽贊普鐘」。當然，閣羅鳳不僅是異牟尋的祖父，尤其是異牟尋崇拜的英雄，因此他的心是沉重的，情緒是悲痛的，心思是煩亂的。一舉頭，所見是蒼山頂上的積雪；一見到積雪，心緒就更加複雜起來。這以前，他的思緒並不如此複雜，如今他是南詔王了，瞬夕之間，唐朝的勢力，吐蕃的困擾；漢文化的籠罩及吐蕃密宗神祕力量的監視，都讓他立刻感覺到，而且是隨時隨地都難得掉以輕心。

就說蒼山頂上的積雪，在大理地區漢人的頭腦中，也曾記下：「唐將南征以捷聞，可憐枯骨臥黃昏；惟有點蒼山道雪，年年披白弔忠魂。」異牟尋自小受漢人的教育，對漢文化有深厚情感和認識。「漢詩那麼巧妙，往往一小句的意思，竟有兩三層時間空間的深度；有時，紘外餘音另有感觸。」異牟尋的漢文化頭腦，自與身為南詔王、身繫南詔的存亡責任互相衝擊戰鬥，無論如何，異牟尋想，他祖父實在是了不起的。就說那殲滅李宓二十萬人之役，從白居易的詩中，便可看出當時唐朝之慘；那詩明明白白的寫道：「無何天寶大征兵，戶有三丁點一丁，點得驅將何處去？五月萬里雲南行！聞道雲南有瀘水，椒花落時瘴煙起，大軍徒涉水如湯，未過十人二三死，村南村北哭聲哀，兒別爹娘夫別妻，皆雲前後征南蠻，千萬人行無一回。」白居易的詩好是好了，異牟尋想，但漢人總把我們算作「南蠻」……

異牟尋深知，唐朝因楊國忠之好大喜功，薦了個性褊急的鮮于仲通為劍南節度使；兼之那雲南太守張虔陀之貪婪淫虐，才逼使祖父閣羅鳳發兵陷雲南，從而導致長安與大理之不相往來，致使閣羅鳳威名大震，遠播南中。

年紀輕輕的異牟尋繼承了王位後，很多事情自然得向他老師鄭回問計，鄭回早已是神武王的清平官；也是閣羅鳳當年打進西蜀擄來的西瀘縣令，後來擔任了王子和王孫的西席。在鄭回苦心的教導下，異牟尋讀過四書五經；這以前，鄭回不知多少次打異牟尋的手心，如今他登了王位，對鄭回倍加尊敬，對於一個俘虜來說，鄭回的遭遇是史無前例的；目前，他是南詔全國一人之下眾人之上的權勢人物，最了不起的是，王還是他的學生。

閣羅鳳的喪禮過後，大理慢慢的恢復平靜，也迅速的進入天寒地凍的嚴冬；別年，洱海並不結冰，今年卻結了一層薄冰，像蓋上一床晶亮的白錦，有時，竟有弓魚穿破冰層，躍起好幾尺高，又落將進海裡去。

大和宮中，異牟尋在烤火爐，清平官鄭回也坐在一邊；王與清平官之間，或老師與學生之間，雖有幾分嚴肅，但彼此是十分了解的，也是極之真誠的。這時，異牟尋問鄭回：

「老師，先父惠王小時，曾獲唐玄宗封給一官，叫做『鴻臚卿』，這官職是掌管什麼？」

鄭回答道：「鴻臚卿管的乃是各國朝貢的事，但實際上只等於一個閒差，因而王領了官，就帶著天朝恩賜的禮物回到大理；唐廷賜禮封官，無非是結好雲南罷了。」

異牟尋又問：「當時唐朝的楊國忠其人，究竟怎麼回事？玄宗會相信他瞎說，在洱海喪師，長安竟以捷聞，真不成話！」

鄭回嘆了一口氣，認真的答道：「說到楊國忠那個奸相，真是一言難盡。說起來，應歸咎到當時的劍南節度使章仇兼瓊身上；章仇兼瓊設計攻取了安戎，斷了吐蕃進入雲南的通路，此舉得到玄宗激賞。此時長安由李林甫當權；李林甫是有名的壞人，章仇兼瓊深恐遭受李林甫的陷害，與在西川的鮮于仲通結成鴨子腳，舉薦為采訪克使，要他帶著金銀寶物到長安去，設法討好楊貴妃，保持彼此在西川的高官厚祿，以及任意搜括之路，怪在這鮮于仲通正是楊釗的朋友，乃舉薦給章仇兼瓊，楊釗就是楊國忠。楊國忠本是在西川認都尉，一時有了大量的金銀，便到長安，與其妹玉環勾結，終於竟官至宰相。章仇兼瓊有了內援，獲玄宗引見，不久居然官拜戶部尚書兼御史大夫，劍南節度由鮮于仲通經略，於是，楊國忠、章仇與仲通三人狼狽為奸，至有後來李宓之攻擊大理，以至於喪師之後，唐玄宗還被蒙在鼓裡，居然還以為在雲南大捷；弄到南詔與唐朝的關係至今無法友善。所以說，為人臣者，是不可有私的。」

異牟尋說：「老師定是非常的不齒這些人了？」

鄭回又答：「豈僅止是不齒？我簡直覺得，唐朝受他們這班人之害，其壞的結果還深遠哩！我之所以在大理留下來，就是見不慣中原官場之腐敗；所謂天子，完全被蒙在鼓裡。」

「如果有朝一日南詔與長安的關係改善，老師當然也是可以回中原去一轉的。」異牟尋意在安慰鄭回，也藉機探測一下鄭回的心意。

鄭回當然明察秋毫，說：「如果我鄭回有回中原的打算，也就不會在大理成家了；今天我已在大理有了妻室兒女，大理已經是我的家了。再說，以我的情形，回到中原是必然要受輕視，我畢竟是被俘，被俘而未能以身殉國，在一個讀書人來說，是非常恥辱的。再說，大理與長安之間的關係，也還有令人擔心的因素存在著。」

異牟尋這時，發覺鄭回面帶無限傷感，便改口道：

「這許久以來，而美和南子都不見到宮裡來玩；我視他倆為妹妹弟弟，希望老師不要見外，讓他們還是不時到宮裡來走動走動。」

想到兒女，鄭回愉快了些。原來當他以縣令身分在西川被清平官王所擒時，想自盡而不得，終被擄來大理，後來因痛恨唐廷中李林甫方倒，楊國忠當權，便心灰意冷，在大理娶了彝族女人為妻，生了一女一男，女的取名而美，已十六歲，男兒取名「南子」，已七歲；「南子」的意思是在南詔生的兒子。

快二十年了，鄭回在大理，常常因思念中原，連帶的也想到漢朝李陵的故事，那李陵也是在異邦娶妻生子的。李陵常撫弄著他的混血兒感慨繫之，思念著中原家鄉；月是故鄉明，愁緒總是揮之不去，然而想又怎麼樣？那家鄉中原政治的黑暗，自己身世的坎坷受屈，就只有在無可奈何中，在海角天涯終身流亡。鄭回的心境，與李陵很相像。

異牟尋與清平官鄭回這番談話，因異牟尋方繼承了南詔王位，又因南詔與吐蕃的聯盟已同床異夢，與長安的關係又尚未恢復，所以顯得非常重要。異牟尋雖從小由鄭回教導，讀的是漢人的四書五經，但畢竟他是蒙氏王孫，也另有一套彝族思想；鄭回要傳授給他的，是漢人的王道思想，是做人的忠恕之道，異牟尋要仰仗鄭回的，如今可能是與唐朝恢復舊好。

鄭回在大理娶的彝族妻子，原也是貴族之家的女兒，她是時傍詔的妹妹戛騷。自異牟尋成了南詔王，鄭回實際上已是大理最有聲望的清平官，清平官夫人戛騷與異牟尋，實際上也有親戚關係。原來，時傍詔的妃子與異牟尋的生母，都是觸錦族人，而且是親姊妹，因而戛騷與異牟尋自來就多一分關係。為此，戛騷就不時的到大和宮中，而美與南子，也跟他們的母親一道，常常有與異牟尋見面的機會。

異牟尋在十八歲時曾經結過婚，娶的是賓川一個酋望的妹子，第二年就因難產致命，所生下的是個男孩卻活下來，取名為尋閣勸，交由他外祖母在賓川扶養；異牟尋十九歲實際上就已做了父親。這事並非祕密，但日子久了，大家也就都淡忘了；儘管那小王子尋閣勸多麼活潑可愛，但因他外祖母認真養育，異牟尋也就不肯讓孩子離開賓川。

此後，異牟尋就一直沒有另娶，雖正娘娘及宮中人都關心此事，一混也就好幾年過去。這些日子以來，鄭清官的女兒是時常有機會與異牟尋見面的，彼此不但在學問方面交換意見，甚至也有說有笑，不避嫌疑。異牟尋心地純良，醉心於漢文化的淵博高深，在學寫漢詩方面，他很欣賞而美的聰明，羨慕而美有位了不起的父親。當然異牟尋也能寫出詩來，但自嘆不如而美；而美年紀比他小，在寫漢詩方面卻比他高明。

異牟尋不時回憶，從小就由鄭清平官教育，和他死去的父親鳳迦異一起受漢文化的薰陶，最使他難以忘懷和衷心感激的，乃是鄭老師那麼認真傳授，真是諄諄訓誨，一點一滴，終於使他能從漢人的方塊字中熟讀經史；漢文記載來自中原歷朝的演變，以忠孝信義教育小孩。異牟尋愈來愈敬仰鄭回，鄭清平官在他心目中，真是望之彌深仰之彌高，最重要的是如今自己繼承了王位，必須事事靠鄭回；他甚至希望鄭回能像孔明輔佐劉備般對自己，為南詔鞠躬盡瘁。

異牟尋進一步討好鄭回，是有其深謀遠慮的，遠在他祖父閣羅鳳與吐蕃結盟時期，大理已深深感到在吐蕃卵翼下過日子是不好受的；吐蕃對南詔的稅捐愈來愈重，每次與唐朝衝突，就要南詔供給兵丁。閣羅鳳在相當時期以後，已深悔與吐蕃結盟受害不淺；比較起來，中原的王道政策所要的只是一個歸順。異牟尋在他祖父未駕崩時，即已窺悉閣羅鳳的心思，想在適當時擺脫吐蕃而與唐朝重修舊好，所以一旦繼承了王位，心中就已決定，待在邊境打贏一場兩場小仗，稍稍有點談判的本錢，就將正式進行與唐修好。這許多年來，在鄭回的教導與影響下，異牟尋對華風極之傾慕，許多時候，他差不多在想，最好將來能到中原去跑一跑；只要唐朝不存吞併之心，蒼洱區在唐帝國邊緣，不宜敵對下去，祖父當時之所以與唐朝鬧翻臉，為的不過是受不得漢人邊官的氣，在那雲南太守張虔陀胡作非為之下，他一氣而殺了張虔陀，並一股著氣占領了安寧姚州等城，事在危急時，為了抵禦唐朝大軍的壓境，乃不得不與吐蕃結盟；要是當時不與吐蕃結盟，當然也就不會有現在了。反正長安也是非常現實的，時機來臨時再向唐朝投靠，想來亦無問題。

終於，異牟尋向鄭回透露了與唐朝暗地裡通款曲的意思。鄭回對此是喜歡的，但他深知異牟尋的算盤，便認真的說，與唐朝修好要有誠意，千萬不可存腳踏兩隻船的心理。異牟尋也明白的表示，目前吐蕃在南詔邊境駐著重兵，南詔尚難擺脫與吐蕃的聯盟關係，看情形吐蕃最近還會襲擊西川邊界，所以我想暗地裡告知唐朝，讓唐朝知道，南詔無意與天朝為敵。鄭回當然同意了暗地裡與唐朝疏通的決定，並舉薦了精通漢文的尹仇寬先行擬訂一個修好的步驟，其本意是還要看異牟尋的決心。

鄭回多年的努力固然是勸南詔歸唐，可是並非為了他自己是漢人，實在的，他反而是為了南詔的生存與前途。當然，鄭回也是一個細心的人，他之所以同意異牟尋與唐朝祕密修好的主張，係他已看出，長安為了專心對付吐蕃，很想在適當的情形下把南詔拉到自己一邊。原來長安此時正進行一個教訓吐蕃的長遠計劃，在這個計劃下，唐朝先與回紇講和，又與大食結好，剩下的是使雲南完全傾向中原，把南詔從吐蕃懷抱中拉出，一旦成熟，就可孤立吐蕃，如能不戰而屈人之兵，更是理想。唐德宗起初不很喜歡這個計劃，因他對回紇印象不佳，但受現實問題所迫，終於同意了這個計劃。

當時，唐德宗對此事是煩惱了很長一段時間的，因前此不久，他派往回紇邊區從事安撫的巡撫使韋少華，竟被回紇殺了，給他面子很下不去，又因與回紇不相往來，軍隊用的馬匹已非常缺乏，不與回紇來往，問題就不能解決，這時擬訂計策的宰相指出，當時殺死巡撫使韋少華的乃是牟羽可汗，這牟羽可汗，已被新回紇正合骨咄祿可汗所殺，目前正是時候。

德宗一軟化，唐朝與回紇間斟盤結果，回紇乃上表稱臣，以馬三千匹為朝貢禮，請與中國和親。唐德宗非常現實，一口氣答應了，而且很快就以咸安公主嫁了合骨咄祿可汗。

鄭回當然得知長安這些近況，南詔與唐修好時機已快成熟，唯一的問題是異牟尋還在觀望著，深恐吐蕃短期內會戰敗西川，南詔也可從中取點小利……

鄭回見異牟尋猶豫，便設法催促異牟尋祕密獻書檄於西川節度使韋皐，表示願與唐朝修好之意。尹仇寬代異牟尋所擬的書檄中，不外「地卑夷雜，禮義不通，隔越中華，杜絕聲教。」

韋皐得到異牟尋的書檄，當然喜出望外。

這是大理最高的祕密，這祕密既由鄭回所指導，而美居然也從她父親鄭回的口中，稍稍知道異牟尋的傾向，即南詔與唐朝已準備修好，再過些日子，吐蕃在大理地區的勢力將被逐出。鄭回很愛他的掌上珠，也約略講了些南詔必須與唐朝修好的大道理，但警告她一切只能放在心裡。

鄭清平官的心情已逐漸的好起來；鄭府與南詔王室有很密切的關係，但卻保持著一定的距離。只是鄭清平官夫人戞騷，與南詔宮中正娘娘間卻有很密切的往來；他眼見而美與異牟尋有說有笑，心中很是歡喜。大理城除了蒙氏王族，鄭府就算第二了；戞騷非常得意，人人都看得出，異牟尋與而美很談得來，異牟尋心中，卻是真心把而美看成是自己的一個妹妹。

異牟尋在南詔宮中，也有一個妹妹，芳名叫「生香」。生香已十七歲，她是鳳迦異第二個妃子香善的親侄女，只因香善無所出，把她姐姐的女兒拿來撫養，當作自己的女兒，而且一向以來就保守祕密，不讓外間知曉生香原非真的金枝玉葉。異牟尋則是鳳迦異的第一個妃子生的，她就是戞騷的嫂嫂的親姐。因鳳迦異死得早，兩位妃子都還健在。異牟尋還有一個弟弟，叫異列尋，他是第二個妃子生的。

目前，宮中人稱異牟尋的生母為正娘娘，稱生香的養母為香善娘娘；這倆位娘娘彼此之間不但不和睦，而且時相爭吵。而今異牟尋繼承了南詔大統，正娘娘自然特別的受到宮中所有人的倍加尊重，為的是異牟尋深受漢人影響，熟讀了孔孟之書，講求孝道，對堂上百依百順，不敢有違。另一方面，香善娘娘卻被冷落了，不但被冷落，許多時候甚至常受正娘娘的閑氣，只好忍氣吞聲，委曲求全。

香善娘娘唯一的安慰，是異牟尋畢竟飽讀漢人詩書，對她非常尊重，從小至今，並無一絲一毫的怠慢；繼承大統之後更加細心有禮。但這一點，也就是正娘娘不高興的原因。正娘娘常常想，異牟尋何以對香善那麼尊重，必恭必敬與對自己一般無二？正娘娘改變不了兒子，也不方便教兒子不必像對自己一般去孝敬香善娘娘，因而只有直接的對香善表示不滿，漸漸的她甚至以為香善有什麼特別攏絡異牟尋的手段，當然也就連對生香也不喜歡起來，終於藉故指桑罵槐的罵起生香來，什麼「充裝的金枝玉葉，平民的骨肉也居然混到宮裡搖來晃去，擺公主樣兒；也不撒尿照一照，像不像東西？……」

正娘娘處心積慮要使香善娘娘生氣，要使生香公主難過，便加倍對而美表示疼愛。而美能在南詔宮中任意去來，早已經是非常自然的事。不過，而美畢竟是清平官鄭回的千金，自小有良好教養，也熟讀了四書五經，雖她母親戛騷是觸錦族人，自己卻斂然漢家閨秀，她與生香之間，有非常好的情感和友誼。生香對而美更是無微不至，有什麼好吃的、有什麼好玩的小零小碎，都要分些給而美；而美稱她生香姐，生香叫而美小鄭妹。

由於相當時期的接近，異牟尋因有意的對而美關心，不知不覺中，而美對異牟尋在心中滋長了一種傾慕之心；在她純潔的心靈中，隱隱約約的竟產生一個念頭，異牟尋似很喜歡自己，因而也許有一天，自己會成為詔妃，飛一枝頭。這並不具體的念頭，似乎一種幻想，除了而美自己，當然沒有別人知道的。

從正娘娘的態度上，從她母親的口氣中，而美覺得，大家正醞釀，使她與異牟尋之間有更多接近的機會。而美非常持重地、用心的觀察，在南詔宮內外，這些日子以來，並沒有別的姑娘能接近異牟尋；如果異牟尋要選一個南詔妃，誰呢？這果實大致就只有落在她身上，無妨耐心的等，不露形跡。在目前來說，必定是沒有別人知道和想到的，也許除了正娘娘和自己的母親，然而她們從來沒有表示出來，當然也不方便在現在表示出來……

而美已經十六歲，從她的一顰一笑中，從她的舉止言談中，所謂知女莫如母，戛騷已經覺察出，自己的女兒已經得到正娘娘不尋常的疼愛，而美對異牟尋，以及異牟尋對而美，彼此之間那麼的不避嫌疑，因而也暗自抱著希望，但願正娘娘會有把而美選為南詔妃的想法，但願異牟尋會愛自己的女兒而美；那麼，而美就將飛上枝頭為南詔妃，自己將成為王的岳母。戛騷深藏在心底裡的想法，固然不曾表露出來，但卻愈來愈明顯的鼓勵而美，常到南詔宮中見異牟尋，同時留意而美的打扮。

戛騷那麼簡單的人，她的心思已漸漸被鄭回窺悉，鄭清平官終於對妻子說：

「而美年紀不小了，妳該留意管束，別讓她老是往宮裡去；要知道，要是有什麼蜚短流長，那就使我無容身之地了。」

戞騷心中祕密被老頭子一語道破，登時一臉通紅，嘴卻不認輸的說：「不是放她去趕三月街，怕什麼的？」

鄭回罵道：「真是愚不可及！放她去趕三月街，我就不會說妳了。」

戞騷無法會意，也不滿鄭回歷來的嚴於漢人禮教，回敬道：「姑娘十八一朵花，往南詔宮中走動走動，總不會遇到念喇嘛經的老古鬃，也不會碰到殺人頭的老卡瓦，您這清平官、孔夫子，大可不必害羞；您裝著不知道就是了。」

鄭回罵道：「愚不可及！愚不可及！」

戞騷再也忍不住，說道：「如果而美有一天做了南詔妃，您不願意？」

「什麼原因讓妳有這個念頭？」

「很多很多原因，正娘娘喜歡我們女兒，異牟尋也與而美很要好。」

「真是婦人之見，妳可別忘記，女兒的父親是被俘來的漢人。」

「然而，您也可別忘記，而美的生母卻是蒼洱區的貴族！」

鄭回非常的不高興，和妻子慎重其事的說：「我警告妳快別作此非分之想，這種的念頭，到頭來將使我夫婦痛苦，使而美心碎。妳太不明白世事的變化，最好是聽我的勸告，回頭是岸。」

戞騷道：「好吧！您別把這事放在心上就是了。」她表面上裝作聽鄭回的勸告，心裡卻大不為然；她一心想著，而美做了南詔妃有什麼不好？這念頭使她充滿愉快；這幻想也帶來莫名其妙跟隨而來的煩惱，她曾真正的憂慮到，也許因而美是漢人的骨肉，做南詔妃的希望可能要打折扣，可是她也曾想到，如果女兒的父親不是鄭回，又那會有這麼的近水樓台機會？

只不讓鄭回知道，而美照舊進宮玩耍；而美對異牟尋也愈看愈是喜歡。

注意禮節，行為週到的異牟尋，天天都到香善娘娘所住的梨花苑請安問候，因此也就天天有機會和生香公主見面。異牟尋和生香倆兄妹談話非常投契，不論多重要、多機密的國家大事，他都與生香討論。生香自小就很有見識，似乎多眾人一竅，她也非常欣賞自己的長兄坦白誠懇，謙虛和禮貌，她簡直就羨慕他和崇拜他……

異牟尋每次毫無保留的和生香談過大篁大籮的話後，愉快的告別；告別之後，他往往在內心裡想，如果她不是自己的妹妹多好。

真是一件天大的憾事，如果生香是別人，該多麼好！

生香在異牟尋每次別後，也常常在內心裡想到一件事：

「誰將是未來的南詔妃，她多幸運！」

異牟尋天天必到梨花苑的禮節，曾受到娘娘的非難，可是異牟尋理直氣壯的告訴他母親：

「身為詔，尤其應該注意禮節，以為民範。」

就在這個時候，異牟尋又為國家大事憂心如焚，吐蕃派使來祕密通知他，要他務必派出三萬兵丁，與吐蕃合擊西川。初時，異牟尋加以拒絕，但吐蕃出威脅，如不合作，吐蕃便將先下手攻擊南詔，又好言勸說，此番很有把握打敗唐朝在西川所能動員的力量，一旦戰勝，南詔過去喪失的土地也可一併收回。異牟尋本來就想，贏取一次兩次邊境上的勝利，再與唐朝修好，面子上也才好看。

在吐蕃威脅利誘之下，異牟尋意志終於動搖，準備派兵與吐蕃合擊西川。於是，南詔宮中有了一場祕密的討論，居於現實的觀點，異牟尋認為，大理與吐蕃聯盟關係仍在，如公然背盟，將受到吐蕃的侵襲；大理與長安實際未建立關係，向韋皐祕密通款曲的事可以擺在一邊。吐蕃與南詔的合擊行動勝與不勝，留待以後再斟酌作為與唐朝修好的張本。鄭清平官當然不能公然反對異牟尋的決定，但他表示，根據他的看法，當前唐朝已有充分準備，與吐蕃合擊唐朝，失敗的成分居多。

不過，目前南詔的問題是，如果反對吐蕃便面臨壓力，大理將毀於一旦。異牟尋既存有僥倖之心，又在威脅之下，終又與吐蕃聯手，雙方配合，大舉夾擊西川。殊不堪唐朝因天寶征大理的慘敗，這些年都有提防，西川節度使韋皐對吐番與南詔關係的曖昧，看得非常透徹，尤其對異牟尋本人的憂柔寡斷，患得患失十分了解，軍事上早有充分準備，所以這次南詔吐蕃的聯合行動一開始，唐德宗便認真的動員了最精銳的禁衛軍及幽州軍，再以東川與山南軍兩翼配合，以泰山壓卵之勢猛力還擊。吐蕃見來勢不對，料到大禍臨頭，便臨陣收兵，退守險要，以至今南詔軍一敗塗地。

異牟尋因此恨死吐蕃，看清楚吐蕃的陰險，無義無信，是根本不可靠的。

南詔這次敗慘極了，唐軍已洗雪了當年片甲無存的恥辱。南詔的慘敗，對鄭回個人來說卻是有利的；可不是嗎？當異牟尋在猶豫不決時，鄭回不是曾甘冒不諱，指出此舉之不當嗎？鄭回曾分析，唐朝若是真的動怒，傾全力還擊時，那怕是南詔吐蕃二幾十萬人，再多也是毫無作用的。如果敗下來，吐蕃有天險可守，吃虧的必是南詔。如今果然這般情形，就像鄭回已事先清楚看見一般，異牟尋非常後悔。

這次慘敗之後，鄭回藉機與異牟尋徹底的討論了南詔的立國自處之道，他對異牟尋說出自己的看法。

「中原的唐朝，行的是王道；漢人講究以德服人，也比較的講信義。以南詔當前的處境而論，應誠意與長安修好，擺脫與吐蕃之間的聯盟，非如此不會有昇平的日子。」

異牟尋多半接受了鄭回的意見，但他認為，國策的突然轉變，未免說不過去；擺脫與吐蕃的聯盟，轉而與唐朝修好，這重大的轉變，是必須從容進行的，先得讓時間把舊的形勢沖沒，再就是暗地裡還得積極的整軍。

異牟尋是懂得利用時機的，若是沒有可利用的時機，他寧可等下去。

異牟尋所等待的時機，終於來臨了。

吐蕃與回紇邊境發生了戰事，吐蕃王自然非常的明瞭，回紇的後面有唐朝在做後盾，既然南詔的聯盟關係有派上用場，所以便派使往大理向異牟尋要求，先撥一萬人進入吐蕃協助防守回紇的進攻。

異牟尋明白機會已經來臨，答復吐蕃道：

「南詔前此單獨抵擋唐朝大軍，元氣大喪，此番只能以三千人供應用，容再從事調動，再源源從邊界補充；吐蕃自可傾全力與回紇作戰。」

暗地裡，異牟尋迅速的動員了三十萬人，祕密移近吐蕃邊界，當吐蕃與回紇打得難解難分之際，一聲號令，向吐蕃猛烈開火。

兩頭作戰，冷不及防南詔變心，吐蕃這一次慘了……

長安本是計劃要教訓吐蕃的，今竟不費一兵一卒，吐蕃已一敗塗地，相當時期以內無法向鄰近尋釁了。

南詔異牟尋已非常的受唐朝注意。

在南詔勢力範圍，異牟尋在一般人的心目中已挽回了當年慘敗的恥辱，但異牟尋內心深處的苦惱，卻是無人知道的。

南詔戰勝吐蕃後，大和村王宮中還舉行了一次慶功會，盡情歡樂，大吃大喝，直至天黑，尚明燭繼續痛飲。當夜，異牟尋多喝了幾碗酒，心中帶著幾分興奮，溜到梨花苑中去了。這時香善娘娘已經入睡，生香不想叫醒她媽，便把異牟尋叫到自己房中，有意對哥哥戰勝吐蕃的傑作稱讚慶賀一番。

異牟尋帶著醉意，多年來埋藏在內心裡的祕密，有意無意中洩露了出來，他一再的看了生香後，感慨的說道：

「生香妹妹，我常在心裡想，如果妳不是妹妹就好了！」

「哥哥，我不明白你的意思？」

「我是常常在想，寧可妳是別人！」

「這就怪了！是妹妹怎樣，別人又怎樣？」

「啊！完全兩樣！妹妹與不是妹妹，當然完全兩樣。」

「哥哥，我看你喝酒醉了；所講的話，我都不明白不清楚。」

「我是喝了些酒，但並沒有醉；我只是想告訴妳一句心中的話，如果妳不是妹妹，我就不這麼煩惱了。」

「哥哥是煩惱正娘娘說我是冒充的金枝玉葉嗎？」

生香這一說，反而提醒了異牟尋，突然的高興起來，答道：「啊！好妹妹，你這句話突然點醒了我，妳原來就非我妹妹呀！」

生香未曾料到，一向對她非常關心的異牟尋竟突然間開口否定自己的公主身世，不由的悲傷起來，瞬即流下眼流，而且像小溪樣的從臉上滾落，只好趕快的坐到床沿上，把臉放在枕頭上，哭將起來。

異牟尋根本沒有料到自己無意中的話，竟刺傷心中所喜歡的妹妹，感到不知所措，對生香說道：「妹妹，妳怎麼好好的竟哭起來了？」

生香愈更哭得厲害。

「我說錯什麼了嗎？」

生香又哭又叫：「我原是平民，生來就要受氣。」

異牟尋已清楚生香為什麼哭；清楚自己說的話的真意，生香並沒有聽出來，忙解釋道：「啊！哎呀！天大的誤會。好妹妹，親妹妹，我就只好直說了；難道妳真的不明白我的意思嗎？」

「我以為哥哥喝了酒，露出本性來了，來諷刺我了，是不是？」

「哎呀！不是露出本性，而是想吐出真意。妹妹真是聽錯了我的話，妳聽我說，我是露出真話來了！我愛著妳，深深的愛著妳，可是妳是我的妹妹，從小是我的妹妹，因此令我不知如何是好？妳如果不是妹妹，我既然愛妳，就可以娶妳。我……」

「住口！」生香像發瘋一樣，打斷異牟尋的話，倒下去又是大哭。這哭，與方才的哭完全兩樣，兩種感應，兩種心思。生香公主哭著，心中卻在想著：方才自己果真把哥哥的話聽反了；他愛著我，難道我不是也愛著他嗎？只是自己根本不敢有這個念頭；有這樣的念頭，也自己覺得是胡思亂想。男子畢竟有勇氣，他終於表示出來；他表示出我也有的但是悶死在心裡的意思。他不表示出來也還罷了，如今表示出來，這教我如何是好，如何自處呢？他愛著我，我也愛著他，但是兄妹怎能呢？方才自己誤會了話，反覺得自己實在的並非他的妹妹；這會聽真了話，反又覺得自己沒法兒不承認是他的妹妹了。果然，如果自己不是妹妹，也就用不著這樣的痛苦和煩惱了；如果我不是他妹妹，他可以公然的愛我，我也可以公然的愛他。可是這會，他雖然表明愛著我，我也承認自己在愛著他，又分明我實在的並非他的妹妹，卻又一味的、不可改變的想著自己是他妹妹。生香的心亂極了，然而卻不停在想，她想，自己心裡實在很早便已愛著的哥哥，在自己之前，就已彼此的關係戰鬥著，若是他不曾喝酒，怎敢公然的表示出這番心意？難怪方才他表示這番心意之前，那麼的徬徨苦惱在不知如何是好的邊緣，令到自己因敏感而不由分說的傷心起來，聽反了話，錯怪了他。無論如何，雖然他已表示出愛著自己的意思，自己也的確有愛著他的意思，但卻仍是不能表示歡喜他這番心意的；若是自己表示出喜歡他的意思，當然也就是表示出愛著他的心意了。

生香公主邊哭邊想著彼此複雜的情緒。巽牟尋自從心愛的妹妹突然的叫「住口」後，便呆看著生香在傷心的哭著。這時見生香的身子已靜止下來，顯然的已停止了哭，才輕聲的說道：

「妹妹！我令你傷心了。原諒我！妳睡吧！我走了。」

說後，異牟尋將走出生香公主的繡房時，耳邊聽到生香公主在說：「哥哥也回去好好的睡！妹妹哭了一場反覺得舒服。一切放心，我好好的。」

「晚安！妹妹。」異牟尋在房門外說了最後一句話走了。

異牟尋走後，生香公主立起身來關了房門，又回到床邊，整個的倒在床上，痛快的大哭起來，直哭到精疲力竭，進入夢鄉。

第二天清早，香善娘娘見女兒還未起身，便推門走進去。

生香公主叫了一聲「媽！」後，坐了起來。

「怎麼哭了？」香善娘娘見女兒兩眼紅腫。

「我做了噩夢，在夢中大哭。」

「夢到什麼可怕的？」

「媽，不是可怕，是非常的煩惱。」

「究竟是什麼事？媽疼生香，有什麼事千萬別瞞著媽。」

「我！我！」生香公主說不出口，倒頭又哭。

「什麼事？快別傷心了。妳忘記媽會解夢的嗎？」

「媽，教生香怎麼說好呢？」

「是不是夢到正娘娘又罵妳了？」

「不是的，是我，我愛著一個人。」說後又哭。

「愛著一個人？怎麼媽一點也不知道，他是誰？」

「連我也不知道，何況是媽呢？」

「愛著一個人怎麼會連自己也不知道？」

「心裡愛著，但是從來不曾想到。」

「這就怪了，妳只是做夢吧？」

「媽，不是做夢，是生香愛著哥哥。」生香耐不住終於說了。

「妳是說妳愛著異牟尋嗎？」香善娘娘還以為是自己聽錯了。

「是！媽，生香很是痛苦哩！」

「唉！這怎麼了，為何早不告訴媽？」香善娘娘又是驚訝，又是憐惜地對生香公主說：

「看妳傷心成這個樣子，教我也心痛。」

生香說不出什麼，看著自己的媽也煩惱了心中尤為痛苦。

「讓我想想。」香善娘娘說後，也躺下來，閉上眼睛；「唉！」她嘆氣著。

過了好一會，生香才又對香善娘娘說：

「媽不要煩惱，生香是可以不這樣的。」說後看著香善娘娘的臉。

「媽的心肝，妳就把全部事實告訴媽吧！任何困難也總要設法解決的，我不能眼看著妳這般可憐……」

生香公主把心裡的話完全說了，把異牟尋昨晚的情形也都講了。

香善娘娘聽完女兒的敘述，不禁為眼前的生香難過。之後，內心裡也不免想到，正娘娘若是知道了，必是要反對的，自己也必因此要受許多閑氣。但是這些都不頂重要，重要的還是兄妹成婚的事，必會影響到南詔宮廷在民間的聲譽。這怎麼成話？

香善想著往事。當年，深恐民間知道生香不是自己所出，曾特別的佈置，使生香的公主身分得到信任，想盡千方萬法，使人人相信這金枝玉葉是鳳迦異的骨肉。此番若是贊成女兒與她哥哥，不免又要設法把過去苦心造成的印象消除，讓眾人知道，生香原非自己所出，與蒙氏原是兩姓兒女。這真是始料所未及的，若是早料到這樣的結局，當初何必把生香苦心孤詣的作成是自己所生的女兒？

問題是層層疊疊有困難的，事情是諸多不便進行，甚至不便啟齒的！

香善娘娘此時，實在的不知道，要如何為女兒作主張？要如何安慰生香？想了一陣之後，問生香公主道：

「妳剛才說，妳可以犧牲是嗎？」

「若是我能，但哥哥恐怕不能又怎麼辦？」

「好孩子，斬斷這一條情絲是一回事，妳是否經得起犧牲愛情的痛苦還是另一問題。媽的意思不是要妳犧牲愛情，而是要知道妳的果斷與決心。妳仔細的想一想告訴媽，妳覺得哥哥能不能犧牲與妳之間的愛情？又若是他能犧牲，妳又吃得下吃不下這樣的苦頭？」

「媽，生香沒想過自己吃得下吃不下犧牲愛情的痛苦。但哥哥，我看他是不會回頭的；若是我不理他，我自己的痛苦還在其次，為他的痛苦而痛苦我怕是難受的。」

「這就是愛情，這就是愛情的痛苦！妳會為他的痛苦而痛苦，他何嘗不會為妳的痛苦而痛苦？孩子，痛苦的牽止，正是愛情的盟證，也就是愛情的力量；這力量會掙脫枷鎖，這力量可以克服阻礙！」

「媽教生香怎麼辦呢？」生香公主這才知道，自己所深愛敬仰的母親，對男女間的愛情這麼的明白，對愛情的心理問題，是這麼的理解透徹。直就是大理人說的『斗笠底下看不出人了；自己的媽是多麼的了不起！

「媽不能教生香怎麼辦，媽必須先明白兒的決心與勇氣！」

「女兒死了也是不足惜的，只是若是我死了，哥哥會痛苦，說不定也會死。」

「好孩子，我已明白妳的心意。我要妳告訴媽，若是妳決心和異牟尋結合，在結合的前和後，一切的困苦遭遇，恥笑和毀謗，妳能不能忍受？」

「兒能忍受的，媽！」

「好吧！媽願跟妳一起戰鬥；妳就準備為妳所需要的愛戰鬥吧！」

「媽真好！」

生香公主有個好母親，這以後她的思緒沉浸在愛中……

另一方面，巽牟尋因不知道生香的想法究竟怎麼樣？一時也就再鼓不起勇氣到梨花苑去，連對香善娘娘一貫的請安問候，也只好暫時中斷。

一連好幾天，巽牟尋寢食難安，心緒不寧，總是躲在房間裡沉思。這種情形，已由宮內傳聞到宮外，但都不知道巽牟尋在想什麼心事？

鄭夫人戛騷聞知巽牟尋最近悶悶不樂，不免胡思亂想，於是藉故帶著而美，到大和宮看正娘娘。一天，鄭夫人領著而美在正娘娘所居住的後宮中坐了一陣之後，當著正娘娘面，各自對而美說：「妳也不學學禮貌，還不去看看詔；向他請安問候一番，他這麼久心裡不好在哩！」

而美求之不得，裝得可憐楚楚的望了正娘娘一眼；正娘娘心知肚明，說：「是的！巽牟尋這些日子脾氣很不好，去看他一下吧。」

而美當即離開後宮，逕向巽牟尋寢宮而去。一路上，她想著，今天我必須使他有個好的印象；甚至於萬一巽牟尋突然的摟住自己，也都讓他吧。而美曾經回憶，去年那次和巽牟尋到蒼山青碧溪去玩時，自己因不敢跳過一條小溝，巽牟尋曾把自己抱了過去；雖然已經抱過去了，還曾故意的不放，使到自己非常的著急，掙開他的手，一臉羞得通紅。巽牟尋是曾經抱過自己的，也是喜歡抱自己的；因而若是今天他在他的寢宮中，別說只是抱我摟我，我就讓他任所欲為吧！如是他親近自己，最好自己能不怕羞而乘機把臉湊近他，隨他要怎樣便怎樣，反正沒有誰會看見；她想的連臉都發熱了。

一心想著要飛上枝頭的而美，這時居然產生非非之想；這些心思，使她的整個身體頓然覺得火燒一般的熱，步履格外的輕鬆，心情份外的愉快……

寢室門是虛掩著的，異牟尋在房中踱來踱去。而美站在房門外，打定了主意，便輕輕推開了門。只見異牟尋一絲笑容都沒有，竟毫無溫暖的，冷冰冰的問道：「而美，時候不早了，妳來做什麼的？」

像一盆冷水澆來，一時間冷得腳後跟；而美一身都冷了，冷到心頭，冷到肺腑，但她力持鎮靜，小心翼翼的討好異牟尋道：「爹要我來問安；而美有十多天沒有見詔了。」

「好！快回去告訴清平官，我謝謝他。」

而美滿腔的熱情，方才還想得渾身像火燒般，料不到這時異牟尋連一點歡迎的意思都沒有，甚至連人情都沒有，不免悲從中來，眼淚向肚裡流。一時不知如何是好；又不肯就離開這難得的機會，因而竟毫無主意的呆站著。

異牟尋這時不想有任何人煩他，見而美站著不走，只好又問：「妳還有什麼事嗎？」

而美仍鎮定的說：「聽說詔這些日子心情不佳，我是不是能為您解解悶？」而美想不到自己突然間能講出這麼大膽而得體的話來。

異牟尋很不耐煩，說道：「誰說的？回去！回去！」

而美真吃不消這料想不到的冷漠，氣得連起碼的禮節都忘了，一轉身就跑，直跑到寢宮旁邊的紫微花樹下傷心的痛哭起來；心想，這一下，一切都完了，美夢破滅了，破滅得這麼突如其來，意想不到。分明過去彼此還好好的，雖他已身為詔，和自己也還有講有說，怎麼變得這麼快？他竟連看都不看自己一眼了。這情形，自己還有什麼希望？

而美愈想愈傷心，愈哭愈有哭的理由。

此時在後宮中和正娘娘說話的戛騷，想著女兒跟異牟尋談得這麼久，不免暗自歡喜。又因知道正娘娘喜歡異牟尋有個同伴，因而故意的提醒道：「唉！而美也真不懂事，叫她去請安，一去了就不來。」

正娘娘心裡的確正在為此高興，聽戛騷這麼說，也順便說道：「讓他們去談談吧，也不會就怎麼的！」

在紫薇花樹下躲著痛哭了許久的而美，哭了一陣之後，才帶著氣餒和傷心，有氣無力的到後宮來。到了後宮時，因想到自己的眼睛又紅又腫，那好意思進去讓正娘娘看到；又想到不知正娘娘和自己的母親此時在談些什麼？不由得走近門邊，靜靜的偷聽一會兒再說。後宮房裡，自己的母親在說：

「娘娘說的對！近年來，而美跟詔像小孩子樣的不避嫌疑，總是有說有笑。我那老頭子前些時還責備我說，不該讓而美常常的進宮來，男女常在一起，不免會引來蜚短流長。」

正娘娘的聲音：「鄭清平官乃是漢人禮教，大不了他們有些感情，想來也沒有什麼不對；我一向總是希望異牟尋快些有個喜歡的人，南詔妃的位子若是由而美坐上，你我便親上加親了……」

而美聽到如此這般兩廂情願的對話，不免愈是傷心起來；但又想到正娘娘的意思是這麼的明顯，又覺得有了柳暗花明的希望。也許這婚事是該正娘娘做主的，何不從這個關鍵上努力呢！心裡想著，也就計上心頭，便突的跑進房裡，各自哭著，口裡說道：

「詔欺負我！」

戛騷與正娘娘不由得相視而笑。戛騷方面，方才聽了正娘娘的話，正心花怒放，這一來，心中想著「究竟怎麼欺負法？」立刻假裝著教訓女兒道：「快別孩子氣！」

正娘娘則流露著不好意思的神色，因不知兒子把而美怎麼了？便作無所謂狀，同時說道：「而美別傷心，我明天教訓他就是了。」心中卻也有幾分歡喜，兒子無疑是愛著而美了。

戛騷心中以為自己想的不會錯，乾脆勇往直前掌握時機，問女兒道：「異牟尋怎麼就會欺負妳？我不相信。」

正娘娘見鄭夫人戛騷這麼問而美，深恐果然有了什麼？自然不願而美有什麼流露，趕快阻止道：「別再使孩子傷心了。」接著又對而美說：「娘娘疼而美，過來靜靜的坐一會。」

方才這一場彼此都歡喜的虛驚，這一場不知真情而胡亂猜測的好戲，而美都明白，問題癥結在什麼地方？他們都想到別的根本不曾發生的事情上去了。

歡喜也好，虛驚也好，談話已該結束，戛騷向正娘娘告辭要走時，那正娘娘還叮嚀道：「鄭清平官夫人，而美回家後，也該休息了，隨她些吧！」意思之間，是要戛騷別問而美太多。

戛騷答了聲：「正娘娘放心！」之後又對而美說：「向正娘娘請安。」

鄭夫人帶著而美方回到家中，鄭回剛好拿著一個小瓶子走出來，對戛騷說：「我告訴妳必須把這小瓶東西藏好，方才我卻在書架上看到；妳太不小心了！家中丫頭們出出進進，萬一出了什麼事，可真不是玩的。快拿去收藏好。」戛騷接過，一邊卻不很爽快的說道：「也不過是點霜砒，別人那會就知道是什麼東西！」隨即把瓶拿到房中，放入一個小木箱裡。而美原不知道霜砒是作什麼用的？因問她母親道：「媽，是什麼東西，爹為何這麼小心？」

戛騷答而美道：「霜砒——毒藥，一小點進嘴就會死。」

而美又問：「爹收著它做什麼？」戛騷心想，若是不答女兒的問題，便等於自己一無所知，不免對自己權威有損，因而認真和小聲的對而美說：「妳爹本是唐朝的一位知縣，十七年前被異牟尋的祖父閣羅鳳從西川擄了來，後來唐朝又派兵來打過南詔。妳爹的處境非常困難，因而想方設法找了這點東西來藏著，準備在不得已時自盡，妳應該知道，妳爹目前雖是南詔一人之下萬人之上的清平官，但他始終保持著崇高的氣節，幸好這南詔宮中從異牟尋的祖父閣羅鳳起都很尊重他。漢人的讀書人，聽說總是本著一個什麼『士可殺而不可辱』的氣節過日子，似乎一直到今天他貴為清平官，一朝有什麼辱及他時，他是絕不願意苟活的。還有是他對大理彝族的性格一直有所警戒，這些事，妳千萬別隨便和別人說。」

而美自離開南詔宮回來，心裡知道，自己的母親定必要追回與異牟尋之間的實際情形，心中已有準備，打算無論如何不透露真實情形。而美一廂情願的想，正娘娘對異牟尋的婚事有左右的極大作用，自己的母親與正娘娘多少有些感情，若是她跟自己一般，熱中著有朝一日成為南詔妃，她必想盡辦法影響正娘娘，若是她認為事情根本沒有希望，她就不會興風作浪。真情是萬萬不能洩露的，適當的謊話得說。而美於是非常的希望自己的母親盤問自己一下，以便也興些風作些浪。

當晚，戛騷果然向而美盤問了，她認真的問道：「而美，這事情非常重要！妳必須對媽講真話，到底異牟尋怎樣欺負妳的？講給媽媽聽。」

而美把頭低下答道：「也沒有什麼見不得人的，只是在說話間，他突然的把我抱緊，要來親我的臉，我掙開了。多難為情。」

戛騷像已撈到點心中所想要的東西，流露著喜悅之色追問：「真的就只是這樣嗎？他還說什麼沒有？再沒有別的了嗎！」

「就只是這樣，其他的話也真的沒有說。」而美想，謊話只能說這麼一點也就夠了。話說完後，她仔細的觀察著她母親。戛騷想了一會，同時也仔細的打量了一下自己的女兒。她在想，而美，多端莊的女子，正是含苞待放綺年玉貌，絕對配得上異牟尋；自己女兒，身段出落得這麼美好動人，難怪異牟尋看了心動。戛騷同時又連想到自己十六歲時，對男子漢總是又愛又怕，但有關於男女間的事，總又不說實話。因而，而美又怎麼會講實話呢？毫無疑問，異牟尋是已經結過婚的人，對而美未必僅止於抱而不及於亂。

戛騷想到男女間這些微妙的事情時，不免興致勃勃，覺得自己也陷入談情說愛的快樂中。因問女兒道：「而美，妳喜歡異牟尋嗎？」

「我不知道！」而美有幾分撒嬌。

戛騷又問：「他是不是喜歡妳？」

而美又是一個「不知道！」

這兩個「不知道」，使戛騷反而覺得自己知道了，不免暗自高興。既有些眉目，便得做點別的努力，當即對女兒說：「娘的兒，只怕妳得在妳爹跟前下點功夫；還記得前些日子他阻止我們倆母女時常進南詔宮的事嗎？他身雖在大理，心中卻想著長安，忘不了他是漢人，而且是有學問的漢人。異牟尋喜歡妳，這一點，孩子，妳得想法子透露一些；妳爹是很喜歡異牟尋的，但一來他是王者之師，二來他隨時有種族警惕。他太清高了，以至許多事他是雅不願為的。我曾經開玩笑似的和他講過，如果我們與蒙氏王族攀了親怎麼樣？誰知他半點興趣都沒有；不但毫無興趣，還警告我，這種的念頭會招致煩惱，使到女兒沒有快樂，甚至有心碎的可能。」

戛騷最後的兩句話，像針一般的刺痛著而美；而美登時領悟到，自己的父親畢竟是有學問的人，他的話說的多準！自己分明已經在煩惱中，甚至已經嘗到心碎的滋味了啊！

鄭回的人格精神，一位漢族有學問的人的品德，立刻在而美心中成為典範。她自小由父親教誨，中原文化的感染力，已經使她領悟到許多做人的道理；她曾經覺得自己並非彝人，而是黃帝子孫，是漢人的骨肉。當即想到自己想飛上枝頭做南詔妃的願望，實際上已與心碎的結果同時在天秤上懸吊著，父親的話是有遠見的，自己怎麼忍心去騙他呢？自然的，而美又想到母親一方面。自己的母親，固然因十多年與一位有學問的漢人做夫婦，已多少感染了一些漢人的習氣，諸如推己及人的道理，但她自幼生長在大理，親親戚戚包括貴族與奴隸都是彝人，中原、長安天朝在她腦裡，只是夢中境界，高在雲霄，既與她無關，也不曾去多想，她本能地知道把握現實，她一刻也不曾忘記自己是南詔清平官夫人，很少想及自己的丈夫是被擄來的唐朝官吏，而自己只是那漢人在蒼洱區所娶的妻子。

南詔王宮乃是所有婦女老幼的崇拜中心，大理遠近千千萬萬的婦女中，母親是何等幸運！她以清平官夫人的地位，以尖人貴族血統的關係，得以出入於南詔王宮，而今她又正嚮往著與正娘娘結成親家，自己的女兒飛上枝頭成南詔王妃，而她又將成為王的岳母，何等的光榮！何等的了不起而不虛此生！

而美的想法是，父母親是生活在兩個精神世界中，自己卻在兩個精神世界中成長；是兩個精神世界的混合體。然而無論如何，這南詔王宮，大理城與自己是這麼的貼切；長安、唐朝和漢文化離自己總是遙遠的，是可望而不可及的。

這些思緒掠過而美心坎，她才答道：「媽，爹的方面，兒是什麼也不願對他說的。」

大和村南詔王宮中，發展和醞釀著這些明爭暗鬥，都因異牟尋目前是一個名副其實的孤家寡人，但這些明爭暗鬥，也不是少數幾個人心中的事。

異牟尋雖在男女私情的煩惱中，仍得集中精力處理擺在眼前的國家大事，與長安修好，是目前最重要的事。

大理與長安修好的事，雖由尹仇寬所擬訂，但係出自鄭回細心策劃。鄭回對此事，十分得意，也是他十餘年來思念中原的一種報償和安慰！那蘇武，那李陵有他們不同的遭遇和精神人格；唐朝的鄭回，也曾為天朝漢人大一統的偉業克盡厥職。

公元七八一年，大理派了一個由二十七人所組成的朝貢團前往長安，目的是要與唐朝修好，代表團由異牟尋的胞弟異列尋，和第二清平官伊仇寬所率領；臨出發前，由鄭回一一授以機宜；十七年前，鄭回只不過是西藏縣令，如今他是南詔清平官，這官位就是宰相；當然，目前在中原的高官中，也不乏鄭回的好友。

唐德宗貞元年間，整個唐朝因支出浩大，糧食財貨已不甚寬裕，因而對邊遠各小國，化外諸邦盡量的尋求相安無事，對於南詔的修好，自是求之不得的事，長安與大理修好的工作進行得非常順利，德宗當即又再度追封異牟尋為雲南王，恢復承認了大理國的地位。堂堂天朝，也是善於把握現實的，對當南詔把李宓等二十萬人消滅的舊事已置諸腦後，即使是最近的衝突也根本不提。

南詔順利的與唐廷修好，異牟尋又已成長安所承認的雲南王，大理又告高枕無憂了。清平官鄭回在大理，功高蓋世，唐朝也明瞭了當年微不足道的西藏縣令的心境，既然他對唐朝有這麼大的貢獻，怎能不用心洗刷他心頭俘虜的記憶？長安鄭回當年的故舊，表奏了德宗，因而德宗把「功在天朝」的褒揚聖旨，派使送給鄭回，其作用是何等的大！

鄭回如今雖已不像過去那麼心事重重，但又怕功高震主，凡事依然小心翼翼，他想，如果今天要回中原，已不會遭人看不起，但一個被俘擄而貪生怕死的人，在讀書人來說，雖貴為清平官也不過是大理的官，而非唐朝的官；則回唐朝做什麼？南詔雖是小國，自己卻身居宰相，何況還是異牟尋的老師，既然有了「功在天朝」的榮譽，中原就讓它在記憶和想像中吧。

鄭回曾想，而美畢竟是女兒，對於南子，我將好好的教育。

當然，目前南詔王宮中所最關心的事，乃是異牟尋應該有個王妃的事。在正娘娘大力和公然的支持下，而美常被接到南詔宮中，居住上三天五天；戛騷稱心如意，女兒正位中宮希望與事實愈來愈近，但鄭清平官知道後卻因此平添憂慮。

異牟尋自那次與生香表明了心意，隔了大段時間不曾去到梨花苑中，但自從六月二十四日那天晚上出巡觀民間火把節，與香善娘娘傾談過一陣之後，又已恢復昔日天天進梨花苑的禮節。這情形，當然引起一般宮女的注意，不過，她們也找不出嚼舌根的話題。

梨花苑中專門伺候香善娘娘的宮女，有石歧與梅樂倆人；專門伺候生香公主的，是紅蓮及她的妹妹綠玉；這四名宮女中，雖獨紅蓮是刁鑽的，當然她樣子長得不錯，特別是那雙鳳眼，看起來是頗不尋常的，別說男人見了就喜歡，連女人見了也讚美，大家都說紅蓮有雙非常可愛的鳳眼，雖不笑時也似在笑。有時候，異牟尋來到梨花苑中遇到紅蓮時，也免不了要多看她兩眼，紅蓮心裡也有數，自己目前雖只是宮中使用的人，但萬一被異牟尋看上，最低限度到他寢宮中去供使喚，則身分也是會提高的，何苦來天天就在梨花苑中出不了頭？也就因此，凡在異牟尋面前，總好好的使用那雙鳳眼，企圖輕易勾住別人愛戀……

關於正娘娘有意把而美培植為詔妃的用心，紅蓮多少已體會到，原來這紅蓮曾被正娘娘所收買，不時的把梨花苑中的動態告知後宮，可惜紅蓮這麼刁狡，這些日子中梨花苑中所醞釀著的大事，她卻毫無風聞。

討好而美，期有附驥的機會，是目前紅蓮極頂重要的事。

而美既得正娘娘公然的鼓勵支持，務使她成南詔王妃，不免又心花怒放，甚至把她父親的警告忘得一乾二淨；幻夢是會成為真實的，而美的痛苦居然又被沖淡。只是不知怎的？她感覺著，那異牟尋與自己之間，距離似乎已愈來愈遠；正娘娘與異牟尋兩方面的情形，使她的情感徘徊在兩種心理的歧路上，磨折著她身體的健康，她似乎就要在緊張和患得患失的邊緣支持不住了。

而美已害了嚴重的心病，神經的弦被拉得緊到要斷了；彷彿是在夢中，正娘娘曾告訴她：「妳就要成南詔妃了！」實際上，異牟尋卻已離開自己愈來愈遠了……

戛騷這些日子，忙於與正娘娘拉交情，努力著親上加親的既成事實氣氛，無形中疏忽了女兒的心境變化。

正娘娘久等異牟尋在選妃方面有點什麼表示，已經等得不耐煩了，終於她要造成形勢以迫兒子就範，把而美叫到宮中居住，南詔宮中，風傳著異牟尋就要大婚，而被盛傳著就要成為南詔妃而美，糊里湖塗興奮之餘，也聽到一個足以斷腸的祕聞。原來紅蓮總算又抓到了命脈，她突的告訴而美：「異牟尋已深愛著生香公主！」

「是真的嗎？妳怎麼知道的？」而美大為吃驚，似乎就要斷腸般痛苦。這才恍然大悟異牟尋冷落自己的原因，然而她又還不完全相信這消息。緊接著又問紅蓮：

「妳從哪裡聽來的？快告訴我！」

「是我妹妹綠玉告訴我的。」

「綠玉又是聽誰說的？」

「她自己親耳聽到香善娘娘和生香公主講的話。」紅蓮見而美這麼驚惶，連想到自己此時的重要，一點也不含糊的說了方才的話。

而美急了，又和紅蓮說：「她還聽到什麼？去叫綠玉來講給我聽聽！」

紅蓮答道：「我妹妹是不會講話的，當著別人的面更是講不出；所有她聽到的，她都已經告訴我了。」

「那麼快告訴我吧！」而美的面色蒼白，催促著紅蓮。

這時，紅蓮在賣弄著聰明，學著彷彿是香善娘娘的語氣道：「媽的生香，妳跟哥哥相愛著的事，因不是同父母所生，實際上不應有什麼問題；只是異牟尋自小孝順，若是正娘娘不同意，他是不敢不從的。所以妳和他今晚見面時，要仔細商量，是進是退都該有個準備。」

「香善娘娘是這樣和生香公主講的。」紅蓮又再補充一句。

而美多半是相信這一番話的，心中非常的難過，同時想著：「為何我一點也覺察不出呢？就是那一層兄妹關係了，因此我從來疏忽。」

若是別人聽到異牟尋和生香相戀的事，可能根本不相信，因他們並不知道生香的來龍去脈，可是而美卻不一樣，她是從來就明白生香身世的一個。而美這時心亂極了，做南詔王妃的美夢似乎幻滅了……

紅蓮還站在眼前，該好好的利用她；而美靈機一動，因問道：「紅蓮妳今年幾歲了？」

「快滿十六歲了。」

「與我同歲哩！」而美準備要抓緊眼前的紅蓮，繼續問道：「妳長得這麼好，該在詔跟前才對，妳想嗎？」

紅蓮答道：「我怎麼不想？但已經在梨花苑中，還能改變嗎？」

而美做出很關心的樣子，對紅蓮道：「妳若是發誓與我合作，願望就會成真的；知道嗎？妳本是可以飛上枝頭做鳳凰的材料哩。」

「而美姑娘，難道還不知道嗎？我是早決定跟妳的了；正娘娘一直喜歡妳，要把妳變成南詔妃的，到現在，才有生香的問題出來。」紅蓮也想抓緊而美，一心以為，腳踏兩隻船是不會損失的。

而美聽了紅蓮的話，想到正娘娘對自己的期望，恍如在驚破好夢之餘得到幾分安慰，但還不放心，又逼著：「紅蓮，我要妳發誓與我合作？」

紅蓮問：「要我怎麼發誓？」

「妳怎麼發都好。」

「好的，若是紅蓮不忠於而美姑娘，讓雷公爺爺用斧頭把我劈死！」這鬼計多端的紅蓮，口在發誓，心中想的是「求雷公爺不要當真」。她原是沒有信心忠於誰的，就以異牟尋的婚姻大事來說，她的想法是生香也好，而美也好，倆人的關係都拉。

而美想了一下說：「紅蓮，今晚我要到梨花苑去聽聽異牟尋和生香講什麼；我要妳在異牟尋進到梨花苑時，給我個暗示。再就是我將躲在生香公主閨房窗外，妳須在遠處代我留意，若有人來到，妳便輕輕的咳一聲嗽。」

紅蓮聽後，覺得這兩件事都不困難，但也必須小心，立即答道：「第一次的遞點子，我叫綠玉做；今晚當妳見到綠玉走近妳窗前，妳就潛進梨花苑，然後我躲在生香公主窗外附近望哨就是了。」

而美想了一下，說：「好吧！就這樣。事情如果順利，我自然會謝妳；還有就是妳必須記住，如果妳違背誓語就將後悔。」

紅蓮接道：「妳一千個一萬個放心，但我現在須立刻回梨花苑，免得引起別人疑心。」說後回頭去了。

黃昏時分，紅蓮見到異牟尋進入梨花苑，便輕聲的對綠玉說：「妳現在到後宮左邊的耳房外，偷偷的看看而美在不在？妳必須讓她看到妳，知道嗎？」

綠玉聽後就溜出梨花苑，一會兒也就折回來了。紅蓮見綠玉去了回來，問道：「而美見到妳了沒有？」

「見到，清楚的見到。」綠玉頭腦簡單，一向總由她姊姊擺佈。

黃昏過後，梨花苑靜寂無聲；只聽到蟲叫。

而美果然潛到梨花苑中，躲在生香公主閨房窗外；她的心在跳，又只顧留心著窗內的動靜，致任由蚊子叮咬，好在此時梨花苑絕不會有別的人來往，何況又有紅蓮放著哨，自可放心的偷聽窗內聲音。

事實上，此時生香公主窗外附近，根本就沒有紅蓮的影子；她早料定並不會有什麼人來往，所以落得做了人情，再說萬一生香使喚，她也能夠應命。

生香公主閨房中，大致剛進行一番熱烈的擁抱，而美在窗外分明曾聽到不尋常的呼吸，心雖在針刺般痛著，卻得忍耐著，像賊一般的躲著。而美這時不免想到自己那堂堂正正的父親，一個有學問的漢人，他的女兒卻這麼卑鄙，以雞鳴狗盜的行為，躲在別人閨房窗外，偷聽男女私情，多麼可恥！若是他知道自己的女兒居然這麼的卑鄙，那還得了！

「唉！可憐的我，何苦來要做詔妃的美夢？」而美在心中自省著，卻又清楚地聽到異牟尋的聲音：「生香，我羨慕妳有個好母親。」之後，生香的聲音：「正娘娘不也是好母親嗎？」

異牟尋又說：「可是她仍把我當小孩看待，一直想左右我。……」

生香又說：「母愛總是這樣，一百歲的母親，恐怕也會把七十歲的兒子當小孩看待的。」

「許多事情，我得有自己的主張。」

「哥哥不是一向都自己作主張的嗎？正娘娘何曾阻攔過？」

「生香，我不是指國家大事而言。」

「那麼，哥哥指什麼？」

「譬如關於而美。」

這時，躲在窗外的而美真不知何以自處，她的心就像要碎了一般的，連呼吸都困難起來。「啊！而美，妳該夢醒了吧？」她暗自在問，同時，她耳朵所聽到的卻是生香在問：「而美妹妹我很喜歡她，哥哥，她怎麼了？」

巽牟尋的聲音：「我和她應該避些嫌疑了，所以近來我總是避她，可是我母親偏想方設法，甚至把她接到宮裡來住。」

「這應該是哥哥不對，而美純潔善良；您和她從來就不避嫌疑，怎麼能突然之間避她？」生香坦坦然的說了幾句，停了一會又說道：「正娘娘卻也是好意的，讓您有個選擇，可以說都是為您打算。」

窗外的而美，聽了生香一片好意的話，雖明知生香事實上一向對自己好，但處在目前她已愛著他的情景中，任何的好意也都變了質，聽起來很是難受，甚至都成了別有用心的；她的話，明明是在逼巽牟尋，要他供出更明顯些的話來。

巽牟尋又問道：「難道妳沒聽到這些日子的傳聞嗎？」

無疑，他必是指宮中詔就要結婚的傳聞了。而美似乎再無繼續偷聽下去的勇氣，但不聽又怎麼行呢？此番作賊，竊聽男女私情的目的，也無非要探實在這消息對於自己以外的另一當事人的想法。唉！異牟尋，你不知道而美多麼的愛你？你不知道而美多麼的渴望著成為南詔妃！你難道眼睜睜的看著我死而不救嗎？說吧！異牟尋，說出你要說的話；這心碎的時刻如果再延長下去，我是的確不能再活了！

而美在無望中仍抱著萬一的希望，心兒一片片的在碎裂著。

「什麼傳聞？我怎麼一點也未聽到？」生香終於問異牟尋，異牟尋又答道：「傳聞我與而美就快結婚了。」

靜了一下，只聽生香說道：「這是該恭喜的事，哥哥為什麼那麼嚴重？」

這一刻兒，躲在窗外的清平官的千金簡直失落了自己，為異牟尋這般的癡情於生香而根本的絕望痛心；她似乎不願再活了……

「教我怎麼說呢！哥哥……」生香公主的聲音顫抖，她哭了！

而美心裡已在咒罵：「生香，這是妳的真心話嗎？我真希望妳立刻死！別阻撓我，若是沒有妳，我也就不會這般痛苦了，若是我因此果然死了，變了鬼我也不會放過妳的。生香呀！此時我恨不得親手把妳的心挖出來。啊！別再這麼想了，該再聽下去才是。」而美的手已氣得冰冷，眼淚不斷的流著。

異牟尋的聲音又傳入而美耳中，一字一句清清楚楚：「生香妹妹，妳居然這麼若無其事，我是感到驚奇的；我寧願妳聽到我所說的傳聞時，就傷心痛哭的；妳難道不知道我多麼的著急？妳難道不因這傳聞而煩惱？妳難道願意我任由正娘娘擺佈而無所動心嗎？啊！妹妹，妳為何不說一句使我快意的話？」異牟尋非常的激動，催促著生香說一些愛著自己，不願聽到別人將與自己匹配良緣的心中話。

生香公主邊哭邊說：「哥哥，難道您不知道我的心嗎？如果再煎熬下去，只怕我會短命，您要我說什麼？一千個一萬個愛著您！愛著您；只要能愛著您，我寧願您不是詔，但願這大理整個的毀滅！哥哥，若是您不是詔而是平民多好！只因哥哥是詔，使我這分明愛著您的心覺得遺憾，如果哥哥不是詔而是平民，我這愛著您的心早就奉獻出來了，我要盡情的愛，我要您只屬於生香一個人而不屬於大理！」

生香公主哭得非常傷心。

而美呆了，她聽著方才生香的話，簡直又慚愧又痛恨；自己愛異牟尋，實在的是想做南詔王妃。這生香姐姐，異牟尋愛著她，她卻寧願他不是詔而是平民；她才是真正的愛他，自己卻是為他是詔而愛他。生香的心才是純潔的心，是純潔的愛。為了想做南詔王妃，我此時竟卑鄙到偷聽別人的私情，自己那能比她？但，正因為如此的懸殊，真又有些恨她，她使我自慚形穢，無地自容。

而美已再聽不進窗內傳出的聲音，她似乎正在從迷夢中甦醒；她從生香公主的人格和情操中發現自己的墮落，因而想到自己的父親。而美這時在想，我那父親才真正是一個堂堂正正的人，是一個洞悉人生的人，是看得清榮華富貴的真貌者；父親從來就不同意母親奢望自己成南詔妃的想法，他早看出這美夢必與讓女兒心碎相連著。唉！若自己沒有過這一番癡想，也就不至受這樣的煎熬，這麼賊一般的躲在別人窗外。複雜的思緒在而美腦中盤旋，但才一會兒，當她冷靜下來，再又靜聽窗內，整個的身體又像燃燒起來。生香公主的聲音：「哥哥，你把我的唇都吻麻木了。但……」

而美咬緊著牙齒，咀咒道：「生香，我會把妳殺死的！」她再也不能聽下去，也再用不著聽下去；如今一切都已明瞭，飛上枝頭做鳳凰的美夢分明已宣告破滅，心已一片片的破碎，這種情形，自己恐怕也活不了多久了哩！

懷著破碎的心，而美掛著淚珠離開了梨花苑，溜回到後宮耳房自己的臨時閨房，這是正娘娘特別安排的；正娘娘分明處心積慮要把而美扶上南詔妃的位子。而美一進入房間，想到方才親耳聽到的那倆個人愛的語言，不由得悲從中來，也覺得對生香切齒痛恨，這時她一眼望見生香所送的木雕小象，抓起來重重的往地一擲，倒在床上痛哭著，哭到有氣無力，哭到入夢；在夢中，她像長了翅膀，一飛沖天，飛到雲端上，又從這朵白雲到那朵白雲，異牟尋也在遠處雲端，自己與高采烈的去接近，但飛翔了好一陣，依然離異牟尋很遠很遠，心中方一著急，發現背上的翅膀原是兩片美人蕉的葉子，而且已經離開她的軀體，所踏著的雲也散了，於是非常可怖的往下落，她怕極了！發出悽厲的聲音，把自己驚醒，只覺得週身是汗，心還加劇的跳動著。之後她翻了一個身，再細想剛才飛上雲端的夢，卻已不甚清楚，但餘悸猶存。模模糊糊中，而美依然在想著異牟尋瀟灑的談吐，從前關切她的情景，以及宮中盛傳著他就要與自己成婚的各種反應……

第二天一早，而美離開南詔宮回到家裡。從南詔宮到鄭清平官的家本來很近，只須一出宮門，穿過一座石牌坊，再往左一轉就是，但而美現在卻突然覺得，她們家離南詔宮並不近；而美回到家裡，便偷偷閃入自己的房間，不敢讓她父親看到。當晚便一五一十把生香與異牟尋間的相愛情形告訴她母親，內容自然已經過一番改變，生香公主變成勾引異牟尋的孤狸精，異牟尋在孤狸精的迷陣中走不出來。

隔不上一天，正娘娘已知道這個「孤狸精故事」，這之後，戞騷帶著南子到南詔宮與正娘娘閒話，她本想要婉轉把生香與異牟尋的勾搭告訴她，但料想不到，正娘娘不待戞騷開口，便說道：「香善這隻母孤狸，挑唆著小孤狸勾引起我的兒子來了；這母狐狸要與我搭親家，成什麼話？她不撒尿自己照照那鬼樣子。鄭夫人，妳瞧著我整她！」

正娘娘與戞騷的情感像進了一步，倆人小聲的交換著意見。正娘娘與戞騷的談話，一部分已被南子聽到，當天黃昏時分，南子便把所聽到的告訴了鄭回。

鄭清平官聽了兒子的述說，憂心如焚，他的結論是自己的妻子和女兒已深深地捲入宮中糾紛，其結果很可能會把自己十餘年來的努力成果毀於一旦，也許那小瓶東西會有用得到的時候。鄭回想著，自己直接的忠於唐天子而不得，因而用影響南詔傾向長安來報答皇帝；進行塑造自己的形象，建立身在蠻夷而不忘唐朝的功勳，不知費了多少心血；這成果，如果一旦毀滅，還有什麼臉面見人？

鄭回感慨系之，想到自己妻子的現實和愚蠢，不知事態之嚴重；而美在這樣的漩渦裡心碎痛苦，又是何等的不幸！他當然也想，要如何才能挽狂瀾於既倒……

正娘娘畢竟膚淺，因此她對鄭回的估計全不中用，她一廂情願想，鄭回必和戛騷一樣，希望而美成為南詔妃；鄭回目前在大理，其權力已僅次於異牟尋，異牟尋又對他言聽計從，若是她女兒做了詔妃，異牟尋不但是他學生，進一步成了他的女婿，其權力地位不是更高更穩固了嗎？

正娘娘已在進行著一項清除香善娘娘及生香公主的計劃，這計劃的進行要快速，毒辣而不容許有解危的機會；這計劃堂而皇之，是為了異牟尋做詔的崇高聲譽，同時這計劃還必須有清平官鄭回參與，方能使異牟尋在事後不會怪責到自己做娘的身上；再說那鄭回老謀深算，胸中韜略多，事事也該和他商量，得到他的同意。

事情既然對鄭回有切身的好處，當然他會輕易就範，難道他還有不願意做國丈的理由嗎？

於是，一個祭先詔的儀典在積極的準備著，正娘娘把清平官鄭回請到宮中，私下和他商議，如何迅速剷除梨花苑中的香善娘娘和生香公主？

鄭回聽了正娘娘想要做的事，立刻表示不能同意。這簡直就激怒了一廂情願的正娘娘，她立即認真的對鄭回說：「我是異牟尋的母親，一切都是為詔著想；你應該忠於詔，想不到你竟不同意我的計劃，你還是仔細的研究一下，何況對你是完全有利的。」

鄭回冷然的笑了一下，說：「稟娘娘，我是南詔的清平官，因此我該以詔的心為心，以詔的意思為意思；除非異牟尋同意，否則我是不會參與任何計劃的！」

鄭回表示了自己的態度，從而又嚴正的對正娘娘說：「娘娘最好先查明白異牟尋的想法，他的態度究意怎樣？」

正娘娘因鄭回的不合作，已想到別的問題上去，再就是，在事實上，她的計劃已安排就緒，已無法收回成命；這時雖是惱怒，卻覺得鄭回的話也不無道理，也許自己太衝動了。因而盤算著，如果能把鄭回逼緊，使他無法不合作，或許更為妥當，於是她沈著臉說：「鄭清平官，你果然還不知道宮內外都在說，你與香善娘娘間有私，我一直也是半信半疑，如今看你連自己的女兒的前途都不顧，這可令我沒有兩全其美的餘地了。」說後仔細觀察著鄭回的反應。

那知鄭回毫不緊張，他深知這是正娘娘的權術，目的無非使自己就範，心中在想，女人的辦法竟這麼下流，真是不擇手段了。於是，理直氣壯的說道：「請正娘娘注意！我鄭回立的正站的穩，不畏懼任何邪惡。」

正娘娘見嚇不了鄭回，只好進一步逼道：「鄭清平官，我問你，你要站在我一邊，還是站在香善一邊？」

鄭回有點惱怒，答道：「我站在詔的一邊！」說後，也不顧什麼禮節，回頭走出後宮。正娘娘見鄭回不買帳，氣得臉紅，罵道：「鄭回，我看你將死無葬身之地！」

鄭回已隱約聽到正娘娘的罵聲，但他根本不理睬，匆匆走出南詔宮，一直走近洱海邊，叫了一艘小船，命船夫划到海中心，想著如何應付當前的問題。這是鄭回多年來的習慣，凡有難題，必避到洱海中，靜靜的思考，直到找到結論為止。

時近黃昏，鄭回要船家把他划到岸邊，登岸步行回家。第二日清早，鄭回匆匆進南詔宮，直往異牟尋寢居，方一推開門，臥在床上的異牟尋先對他招呼：「老師早，我正想見您！」

鄭回道：「詔安好！我實在有事奏稟，所以才匆匆進來。」

也不等異牟尋起床，鄭回即說道：「詔！只因事迫眉睫，我要問詔一句，務請把真心話對我說；就是關於詔就要大婚的事，宮中是盛傳著許久了，正娘娘直到了前天，才知道您心目中的人是生香公主。」

鄭回話猶未了，異牟尋當即起身，很吃驚的樣子，問鄭回道：「正娘娘知道這事了？」

鄭回答：「不僅是知道，正娘娘就將要採取行動對付香善娘娘及生香公主；這就是我緊急來見詔的原因。」

異牟尋本以為，自己愛著生香的事，是只生香倆母女知道的，近日正苦惱著怎樣把事情向正娘娘表露，如今她卻先知道了。再就是對眼前的鄭回，他既已知道了，大致又怎不為而美感到難過？這時，異牟尋心中以為鄭回這麼一早闖進來，為的是而美，因而低著頭，很不好意思的對鄭回說道：「老師，我有件心事也想說一說，我與而美情如兄妹，但我歷來就已愛著生香；正娘娘因為心疼而美，可能對她講過超過我本意的話，因而若是我愛著生香的事公開了，而美純潔的心靈，不免會受到震動……」

鄭回立刻打斷異牟尋的話，接著說：「關於而美方面，詔不必在心，迅速保護生香公主和香善娘娘的安全，才是眼前急務！」

異牟尋聽後，突然緊張起來，反問鄭回：「老師的意思，是正娘娘要採取不利於她倆母女的行動嗎？」

鄭回慎重其事的答道：「是了！再是正娘娘如果知道我已將此事告知詔，也必不容我，因而，詔在採取保護梨苑安全的同時，最好宣布已派我前往長安；實際上，我今晚即帶同妻兒星夜潛赴德源。這一來，我一方面免得再與正娘娘衝突，同時，正娘娘因我奉旨去唐朝，不知底細，也許會把她的計劃稍稍緩和下來。」

「但是，我的事怎麼辦？」異牟尋顯得很著急。

鄭回說：「等我到了德源，我們再計議，大和宮與德源只一天路程，我們可以用快馬隨時通聲息，交換意見。」說後，遞一張事先準備好的地圖給異牟尋。

「那麼，而美……」異牟尋當心著另一個人的可能遭遇。

鄭回道：「我帶她到德源後，會開導她，詔放心就是了。」

異牟尋雖心中很亂，但卻也有了打算，當即和鄭回說：「那就這樣辦吧！我若是有別的問題，便再向老師請教。」鄭回為了爭取時間，說了聲「望詔諸事冷靜小心」，便回頭走了。

異牟尋匆匆洗了臉，便把御林軍統兵段牧找來，吩咐他備適當的人馬，儘快把香善娘娘及生香公主護送到巍山舊宮去，宮女也都帶去，並且把意思告訴段牧，要他仔細的稟告香善娘娘，以後的事再作計議；目前的行動要祕密、要迅速。

鄭回匆匆離開南詔宮回到家，戛騷一見便問：「昨夜到哪裡去了？黃昏時分正娘娘派人來把而美接到宮中去了。」

鄭回一聽之下，趕忙道：「妳快去把女兒接回來，速去速回！」

戛騷從鄭的神色之間，已預感到必有什麼不尋常的事情發生，不敢多問，換了衣服各自離家進宮去了。

在梨花苑中，段牧方進入，便已發覺香善娘娘母女，連同宮女等人都已離去，為之失魂落魄，趕忙的問了掌管伙食的老婆子，答說昨天晚上，被正娘娘派來的人接走了，也不知接往何處？段牧心知事態嚴重，立刻往奏異牟尋。

鄭回家裡，戛騷去了南詔宮回來，對鄭回說：「正娘娘說要留而美在宮中多住幾天。」

鄭回焦急地問：「妳見到女兒本人沒有？」

戞騷瞬即醒悟自己草率，答道：「你要我速去速回，正娘娘這樣一說，我也就沒想到該再與而美談什麼，匆匆趕回。」

鄭回小聲說：「糟了！」然後自言自語的說：「居然扣而美為質。」之後對妻子道：「妳快準備，我們要即刻離開大理。」

「離開大理？」

「是的，離開一段時間！」

戞騷墜入五里霧中，但此時不敢多問。這些日子，正高興著而美快就要成為南詔妃的好事，為何這時要匆匆離開大理？離開大理往哪兒去？難道要丟下而美他去？因而問鄭回：「是否我該把女兒接回來？」

鄭回主意已定，答：「不必了！她會安全的。再說正娘娘目前是不會放她的。」

鄭夫人滿腹狐疑，甚至後悔自己把而美推入異牟尋懷抱的行為；大致問題就出在這裡了。她同時回憶起鄭回早有警告，因而不敢作聲，匆匆收拾了行裝後，鄭回倆夫婦帶著南子，以及多年來的忠僕，離開大理往德源城而去；行蹤是非常祕密的。

鄭回帶走的一行人中，跟他最久的是他私人用的尹寶，雖是白族人但漢化很深，還懂得一些星相之術，一向忠心耿耿的為鄭回做事，他幾乎是鄭回的崇拜者，鄭回若是叫他死，他或許都會遵命的。

且說南詔宮中，異牟尋接到香善生香倆母女被接走的消息，不由得憤恨自己的母親起來，同時萬分擔心著她們的安全。便趕忙進到後宮，當見到自己的母親時，便問：「娘娘，香善倆母女到哪裡去了？」

「有什麼值得大驚小怪的，我只是把她倆送出宮外。我想問你的是，鄭回去長安究竟是什麼事？」

「媽媽，您必須答應我不傷害香善倆母女。」異牟尋先說出他最關心的話。

正娘娘很有用意的答道：「但如果她們自己傷害自己，我也就沒有辦法啊！」

異牟尋說：「只要媽媽不傷害她們，您將來就不致有什麼遺憾。」

「清平官去唐朝究竟是什麼事？」正娘娘此時當心的，反而是鄭回的行蹤；她知道鄭回是不簡單的，鄭回不在控制之內，她總是有顧慮。

異牟尋看出他母親的憂慮，又想到鄭回和他說過的話，心生一計，答道：「有情報說吐蕃正在神州結集重兵，想吞沒南詔，鄭清平官是去說動唐朝出面干涉。」

正娘娘固然曾懷疑鄭回會故弄玄虛，但想到兒子登基不久，已有多次戰亂，再提到吐蕃在神州結集重兵，戰爭的恐怖，不免有多少憂懼，心也就軟下來，望了兒子一眼，以安慰的語氣，對異牟尋說：

「你放心好了，生香倆母女是安全的，你集中精神處理國家大事吧。」

異牟尋見自己的母親口氣已軟，知道事情已有轉機，就順水推舟和正娘娘說道：「媽媽這麼說，我就安心了，我還有很重要的事要處理。」說後就離開後宮，心中後悔著遲了一步，若是一聽到鄭回的話時便採取行動，自然就兩樣了。而今，生香母女在自己生母手裡，事情就難得多了。一面想著，一面也就產生了因應的新決定，祕密赴德源找老師商討對策。

翌日黎明前，異牟尋換了衣服，帶著段牧及另兩名隨從，四匹馬靜靜的離開大和村，出了上關才天亮，逕向德源飛奔。當天夜裡，異牟尋依鄭回交給他的地圖，順利的與鄭回會面。異牟尋把正娘娘已棋先一著的事告訴了鄭回，鄭回又問異牟尋此行是否有人知道？答此來並無別人知道。鄭回思索了一會，對異牟尋說：

「這樣就好極了！事已至此，就不得不忍痛做些手腳，使事情有個轉機了。我的意思，請詔就留在德源，再作計議。」之後，鄭回就把他的辦法詳細說給異牟尋，異牟尋聽了鄭回的辦法，表示同意。

異牟尋和鄭回在德源城，成了南詔天大的祕密，王不見了，成了大理的天大笑話。詔失蹤的傳聞由德源送至大理，再由大理散佈開來，異牟尋大婚的傳聞已無形中灰飛煙滅。最當心的自然是正娘娘，鄭回既已去了長安，這樣大的事件發生，誰也沒有了主意。

一天，兩天，三天，更多天，南詔宮中眾人都查不出一絲線索；正娘娘焦急煩躁，坐臥不安，廢寢忘餐……

鄭回牛刀小試，正娘娘進入惶急之中，她著急極了，但不知如何是好？這時，她唯一的途徑是求神拜佛；還到蒼山上去拜了孔明碑，她許下心願，只要異牟尋能安全歸來，什麼她都願意奉獻，可以答應。

大理三塔寺中，幾乎隔不上兩天便有正娘娘的到來，消息迅速傳開。也不知從何時開始，三塔寺中來了一個星相者，自稱是從雞足山來的，香客們不久又傳聞，這來自雞足山的人很有本事，可知過去未來。一切的傳聞也就迅速傳到大和村，傳到正娘娘耳中，終於她也來問吉凶了。當正娘娘由好幾個健壯的老婆子簇擁而至時，那星相者便瞇著眼睛，說道：「這位貴人有什麼疑難？」

正娘娘小聲地說：「我兒子久不歸家，我想知道他何時歸來？」

「妳兒子不是普通的人，他現在正陷入苦惱的深淵中。」

「他會安全嗎？究竟在什麼地方？」

「他是南詔很重要的人，必定安全；他好像在尋找他所愛的一個女人，找到了他就會安全歸來。」

正娘娘有些毛骨悚然，非常相信眼前星相者的說詞，於是說道：「可是他到何處去找呢？」

「他在瞎找，在打聽，可憐極了！」

「那麼，你知道他要尋找的人究竟在何處？」

「在哪裡我不能說，但他們分別才十多天；他們彼此都身不由主。」

正娘娘仔細的端詳星相者，的確是道貌岸然，然後說：「你知道的很多，你應該保守祕密。」

對方答道：「我所知所說，都是祕密，但貴人所問的，卻是人人知道的事，整個大理，誰都知道詔已不知去向？」

正娘娘又問道：「依你看，這件事將怎樣演變？」

答道：「總要雨過天青，阿彌陀佛！」

正娘娘給那人一兩銀子，和她所帶著的一群老婆子離開了三塔寺。

正娘娘回到宮中，即刻派人到下關把香善倆母女接回大和村，態度已大為改變，並且謊稱，前幾天因有吐蕃歹人要來行刺宮中人，所以把她倆送別處躲藏，異牟尋也還躲在別的地方，鄭清平官還為此去了長安。又為了表示親熱，請香善搬到後宮同住，後宮右邊耳房給生香做閨房。

香善兩母女因懼怕正娘娘，自然都接受了，但卻詫異為何正娘娘對她倆母女的態度有了改變，心雖疑懼，卻也只得聽天由命。

情形既然轉變，彼此也就說這說那，生香終於問正娘娘：「哥哥躲到什麼地方去？」「就要回來了，他只在喜洲。」正娘娘說謊。

在香善娘娘和生香公主搬入後宮前，就已住在耳房中的而美，因屢次要回家都被正娘娘用種種的甜言蜜語留下，近些日子又聽說自己的父母帶著南子去了長安，同時異牟尋又已失蹤，香善娘娘倆母女回來後，正娘娘又是一改往昔的態度，不免詫異，甚且懼怕起來。這南詔宮中的變遷真不尋常。

而美在夜靜更深時，總想起異牟尋在愛著生香的情景，又想著正娘娘本來的心意，一點也不齒生香，那麼，異牟尋將要選什麼人為妃呢？生香與異牟尋，兄妹關係難以改變，又怎麼就能結婚？雖說生香原非香善娘娘所出，但在名分上，人人都知道她是詔的親妹妹，這件事似乎還在動搖中，但無論如何，正娘娘對自己的態度，比從前是冷淡多了，她不再提要自己成南詔妃的事了。沒有什麼！最多一死了之。而美居然生起這樣的想法；想到死時，而美覺得並不是困難的事，自己若是決定一死了之，只要把那小瓶子找出來，吃東西的時候，把孔雀膽放些進去，死是多麼輕而易舉的事；人一死，什麼煩惱與痛苦便都了結……

原來，而美自從那天晚上躲在生香閨房窗外偷聽了異牟尋與生香的對話後，心碎之餘，就曾想到自殺；同時也就想起父親要媽媽收藏的那小瓶子來，就已偷偷的找了出來藏在身邊，現在卻藏在自己的床腳邊。而美想到那小瓶子，便趕快移近床腳用手摸一摸，小瓶子還好好的在著。那小瓶毒藥在某些時候，幾乎成了而美心靈上的救星一般。

生香公主自從被正娘娘接到後宮右耳房來後，特別的與而美接近，她總是落落大方同時小心翼翼的對而美。起初，而美因心事重重，又妒恨著生香，態度非常冷淡，但後來想，何不趁機與她假仁假義，敷衍一番。生香公主卻一片赤誠關心而美，她和而美說道：「小鄭妹，我倆這一久不得好好在一處談談，也不知道為什麼，這大和宮中總覺得有點什麼不對，前些日子，我和媽被送到下關躲避，這幾天還聽說異牟尋哥哥不在大理；他不在大理，到哪裡去了呢？近些日子，正娘娘好像心事很多，因此也就不敢多問。「而美，妳是消瘦了些，弄點補藥吃吃吧！」生香認真的關懷而美。

而美答道：「我父母都已去了長安，我目前寄人籬下，豈還敢想其他？」

生香接著說：「小鄭妹喲！只要妳不嫌棄，我們兩個一起吃就是了，補藥要吃就須常吃，才有功效。對了！南詔與唐朝久不來往，妳真以為鄭清平官是去了長安的嗎？」

而美提高警惕，回答道：「正娘娘說的，我想該是真的去了吧。」

生香一聽，反覺而美聰明；她方才不是說寄人籬下嗎？於是也跟著說：「既是正娘娘說的，想必是真的了；我們女孩子有時不免會胡思亂想。」

而美又問生香：「異牟尋哥哥究竟到哪裡去了？快一個月了啊！」

生香答道：「我問過正娘娘的，正娘娘說，很快就會回來。聽正娘娘這樣說，我也就不敢多問了。」

自此以後，生香公主凡是吃什麼補藥時，都叫紅蓮送些到左耳房給而美，表面上倆人的感情已慢慢恢復，私底下不免彼此試探對於宮中最近各種演變的真正認識；彼此當然又都試探對於愛情和婚姻問題的想法。

生香公主曾經坦白的向而美透露她與異牟尋之間的事，因正娘娘的反對，她已不抱什麼希望，又說最近到下關，原也是正娘娘的詭計，在下關時，她和香善娘娘曾經憂傷，可能再沒有活的機會了。哪曉得突然又被接回來，而且正娘娘的態度又有了重大改變，目前也不過還不知道異牟尋究竟怎樣了？所以靜靜的看，真不知正娘娘葫蘆裡賣的是什麼藥？詔也不在，鄭清平官也不在，這日子就能拖下去嗎？生香公主和而美說：「如今我是想通了，無論如何，我並無所求，只希望異牟尋平平安安回來，就心滿意足了。」

而美覺察出南詔宮中有喜事準備，但她在夢中，在鼓裡，她多方打聽，不得要領。

在德源城，異牟尋與鄭回對南詔宮新動態已大體明白。那尹寶再度從大理到德源，原來他是奉鄭回之喬裝到三塔寺看相算命的，正娘娘輕易入彀；鄭回順利地指揮了正娘娘的思想行為；這是鄭回不得已的辦法，他真是略施小技，他早料到只有用迷信的力量，方能輕易使正娘娘就範。

鄭夫人戛騷因想念而美，心中悶悶不樂，她曾經在夢中見到自己的女兒，不知怎的竟香消玉殞，致令她哭醒轉來；她無時不想而美，也曾經後悔一心想把自己女兒抬上南詔妃寶座的愚蠢，如今只要她安全，不要遭受什麼意外，若是而美有三長兩短，自己怎麼活下去呢？因而她一再的對鄭回說：「你千萬要注意而美！」

鄭回目前也真是有些焦心，但卻無可奈何。他想到戛騷前些日子的愚昧，便非常的不高興；不很快意的說：「她在南詔宮中，我們身在德源；難道做不成南詔妃，她就活不成嗎？只要她自愛，我想就能安然無恙。」

這些時候，異牟尋在德源城得到鄭回的教誨不少，鄭回分析中原與周圍各國的情勢，指出南詔的前途，也指出唐朝今後的危機。異牟尋為了報答和安慰鄭回，特別的對南子好，就像對親弟弟般，有時竟揹著南子嬉戲。

一轉眼，大理就到了三月天，大理的三月街幾乎是南中地區最大的墟集，也因為這為時一月的熱鬧，大理的統治者必須加強治安和防禦。就在這時候，異牟尋騎著馬靜靜的回到宮中，正娘娘喜歡的了不得，消息也立刻傳到生香和而美耳中；生香心中謝天謝地，而美的心情又驟然的緊張起來。

南詔王宮突然有了生趣！

第二天，鄭清平官也帶著家小回到大理。

正娘娘立刻知道自己被愚弄了一場，但不願表露出來，她記在心裡，準備有機會再發作；她恨死鄭回，連帶的對而美的態度也有了改變。似乎任何婦女，天生帶著一種偉大的母性；母性的懷抱可以犧牲和原諒一切過錯，婦女的心也很狹窄，為了眼前的仇人可以放棄既定的原則。

正娘娘的情緒有了重大的轉變，這轉變並非不利於而美，而美的情緒也添了一絲絲喜悅，這喜悅卻遮蓋了周圍真實的演變，使她變為愚蠢。

就是大理三月街剛開始之際，南詔宮中這些兒女情長的事；這些婦女們明爭暗鬥的事；以及這些使異牟尋和鄭回煩惱的事，立刻變為毫不重要，新的問題突然擺在眼前使人人膽顫心驚，如臨大敵。原因是兩林大鬼主苴那時；豐琶大鬼主驃旁及勿鄧大鬼主苴夢衝突然來見異牟尋，他們係閣羅鳳時期即由南詔鼓勵赴長安朝見唐德宗的，這些日子，由於閣羅鳳的駕崩，再又由於南詔宮中兒女情長的糾紛，把先詔的許多祕密活動遺忘腦後；這三位大鬼主來見異牟尋，有三項對南詔極為重要的事：第一是西川節度決定對吐蕃施壓力，必須退出戎州，有掀起戰事可能；第二是西川節度使韋皐將派人前來大理會異牟尋，討論訂立同盟的事；三是他三個大鬼主在長安獲唐德宗賜宴於麟德殿，並都獲唐朝封為郡王。他們此來，是轉達德宗的意思，要南詔擺脫吐蕃，儘速與唐朝修好。

與唐朝修好原是南詔的本意，但目前南詔仍在吐蕃勢力陰影籠罩之下，異牟尋深恐開罪吐蕃，大理可能轉瞬之間變為屠場，因此對苴那時驃旁他們帶來的信息覺得可怕。由他的信息，看長安對南詔的拉攏已迫不及待，甚且有壓迫之勢。

異牟尋與鄭回及尹仇寬立即連夜商討對策，由他們的緊張神情，可以看出南詔正有大的變動擺在眼前，南詔宮中因而有了許多傳聞，使正娘娘，甚至香善、生香、而美也陷入緊張中，傳聞也非常古怪，最可怕的是吐蕃兵將進入蒼洱地區，所以異牟尋召各區大鬼主前來商討應變之策；相反的另一個傳聞，是唐德宗要以對回紇的辦法，準備以通婚拉南詔，因此異牟尋會向長安提出請求，則近些時所傳詔將大婚的事將有根本的變化。傳聞亂極了，南詔宮中大家都在猜測，究竟將發生什麼事情？

異牟尋與鄭回不斷的商討；進一步，鄭回也提醒異牟尋，唐朝此番必有長遠的打算，苴那時、驃旁及苴夢衝三個鬼主，看來也不僅止於傳達德宗的意思，更重要的是他們本身已準備反抗吐蕃了。

目前最迫切的問題，是西川節度使韋皐就要派人來大理，此舉必將引起吐蕃的誤會；如果吐蕃立刻反臉，就可能發生衝突，吐蕃軍可能越過神州進入鶴麗劍，而南下威脅大理，則蒼洱區便將陷入浩劫。要阻止是已經來不及了，但仍得商討出一個緩和的途徑。

大和村南詔宮中不斷的人來人往，異牟尋與鄭回幾乎到了廢寢忘餐的程度，正娘娘見此種情形，只好噤如寒蟬，不敢聞問……

一天，當鄭回返家休息時，戛騷非常技巧的問道：「聽說驃旁他們從長安來，是負有重大使命的；不知誰傳出來的，說唐朝希望異牟尋向長安提和親請求，則唐德宗將像對回紇一般，妻以公主？」

鄭回反問：「是誰說的？簡直是瞎猜！」

戛騷卻追問：「但究竟有無此事？」

鄭回嚴肅地答：「絕對沒有！」

戛騷轉了話題問道：「你和異牟尋，以及那三個大鬼主們究竟緊張些什麼？」

鄭回很不高興的斥責道：「這是妳不該問的事，告訴妳妳也不明白；記好不要管我的事。妳該注意一下，而美何時可以回家來？」

鄭回提到而美，戛騷立刻不敢出氣，因為她曾向正娘娘試探過，正娘娘只說局勢不平靜，而美在宮裡才安全；暗地裡，戛騷亦已打聽清楚，正娘娘已採取嚴密的監視手段，提防而美和生香倆母女走出南詔宮。

從另外一個角度說，異牟尋因對漢文化的醉心，對唐風的羡慕，兼之對吐蕃橫征暴斂的不滿，對於驃旁他們從長安帶來的傳聞非常留意；要非吐蕃在南詔周圍的武力監視，他是寧可早日與唐朝公開修好的。長安的行動是快了一點，異牟尋想，南詔與唐朝修好的事是不宜急的；異牟尋本就憂柔寡斷，此番面臨著西川節度使突如其來的壓力，實在有些承受不了，他非常的擔憂，深恐吐蕃會迅速採取不講理的行動，多少年來，吐蕃曾經不少次橫來，使南詔難以忍受。

鄭回雖亦憂心如焚，但他研究了唐朝對回紇以及從各方面向吐蕃壓力的局勢，卻又覺得，拖也不是辦法，無論早遲，南詔與吐蕃終歸要翻臉的，困難不會沒有，小的痛苦也恐怕無法避免，因而也就處之泰然。鄭回一再的對異牟尋分析唐與吐蕃，以及南詔與唐朝，彼此間的三角關係，最切要的則是南詔若不趁早擺脫吐蕃，唐朝很可能會以泰山壓卵的行動加諸大理，在那種情形下，蒙氏在蒼洱區的統治地位都可能動搖。

南詔無論多困難，必須趕快與唐朝公開修好；把吐蕃的勢力驅逐出去。這是鄭回給異牟尋的具體意見。

苴那時、驃旁和苴夢衝三個大鬼主在南詔宮中與異牟尋商議了十多天，有幾次不讓鄭回參與的，畢竟貴為清平官的鄭回乃是漢人……

直到同族的三個大鬼主離開大理，異牟尋才又把他另外的結論告訴鄭回。異牟尋的結論是，各鬼主暗地裡表示，他們不惜與吐蕃一戰，深望南詔早日表明與唐朝修好的態度。

鄭回告訴異牟尋，這正是南詔求之不得的了；南詔的憂慮，就是怕一旦與吐蕃發生衝突，大家袖手旁觀，既然有不惜一戰的決心，那就太好了。

異牟尋當然有他的顧慮，他和鄭回說，一旦與吐蕃正面衝突，南詔恐怕是抵禦不了吐蕃大舉入侵的。鄭回卻說，西川節度使定必已估計了各種的可能，如果南詔會輕易陷入吐蕃軍的全面控制下，他為何要走失敗的路？必然的，西川派人公然來大理，他們必然同時採取防範吐蕃蠢動的準備。那西川節度使韋皐是很有韜略很有遠見的人，他絕不會毫無準備而輕易引起戰端，何況依照韋皐近些年來的策略看，他的長處往往是不戰而屈人之兵，對吐蕃將亦復如是。

「不戰而屈人之兵。」異牟尋想，唐朝一石兩鳥，南詔不近朱即近墨，這還有什麼說的？但希望給我有時間準備……

正娘娘見異牟尋時，也不敢多問，香善自然也不便說什麼，但生香公主卻坦然的對異牟尋說：「哥哥，傳聞唐朝與吐蕃很不和睦，西川節度使要逼南詔擺脫吐蕃，看來哥哥這幾天非常操心」。

異牟尋答道：「是有這種情形，但所謂船到橋頭自然直，看來擔心也沒有什麼用；這些日子妳和而美都沒有什麼吧？」

生香答：「沒有什麼，但而美顯得清瘦些，哥哥勿妨關心一下；也許她一個人離父母而居住在宮中覺得不好過。」

異牟尋答道：「妹妹空時照看照看她也好，目前我似乎不宜去關心她，對不對？」

「是也是的。」生香答。

而美多半躲在後宮左耳房中胡思亂想，她也隱約得知南詔就將與唐朝重修舊好的傳聞，則如果異牟尋不提出與唐朝和親的要求，既然走中原路線，那有不借重父親的？也許自己終歸於還是會成為南詔王妃，可能性或許還非常大；冷靜的等待時機吧！

三個鬼主離開大理不久，吐蕃就發兵十萬攻擊西川，而且逼南詔也須出動攻唐朝，異牟尋這時採取陽奉陰違戰術，開了幾千兵屯於瀘北。大理立刻陷入緊張，消息傳到西川，韋皐研究之下，深知異牟尋態度猶豫，乃進一步致書異牟尋，而且故意把彼此來往的情形加以強調，吐蕃果然中計，迅速調兵兩萬之眾駐屯會川，堵塞了雲南通西川之道路。異牟尋見此情形，便把支援吐蕃進駐瀘北的人馬調回。吐蕃與南詔於是互相猜忌，異牟尋已被逼非與唐朝修好不可了。但吐蕃與唐朝的戰端既起，南詔邊緣的兩林及驃旁已遭攻擊，清溪關及銅山瞬即成為戰場。韋皐趕忙著黎州刺史韋晉暗地支持兩林和驃旁，終於又戰敗了吐蕃，把吐蕃兵逐出清溪關外。

異牟尋看得清清楚楚，吐蕃是戰敗了，兩林和驃旁卻已在唐兵控制之下，南詔要與吐蕃來往已有事實上的困難。然而，戰禍並未就此終了，吐蕃不甘示弱，又出兵猛擊清溪關，兩林和驃旁兩度遭受襲擊，大理人人提心吊膽，深恐大禍就要來臨。顯然，韋皐已有準備，由韋晉鎮守要衝，自己督兵與吐蕃對峙，由劉朝彩率精銳出關，終又大破吐蕃。吐蕃失利，歸咎南詔臨危不予支持，於是對異牟尋提出嚴重警告，如果異牟尋不表明態度，吐蕃要血洗大理，非把南詔毀滅不可！

異牟尋怕極了，雖鄭回與尹仇寬多方獻策，希望鎮定從容應付，異牟尋還是膽顫心驚，很想把王宮遷回巍山去。另一方面，西川的韋皐並不讓他有從容考慮的時間，西川節度使至雲南王異牟尋的書檄又來了，說道：「回紇已一再表示要聯合西川滅吐蕃，如果雲南不搶在先，還有什麼面子。南詔一直受吐蕃壓迫，不趁目前與唐朝明明白白修好，後悔將來不及哩！」

韋皐的策略，鄭回固然猜得透，但吐蕃的行動卻是難料的，因此大理仍得準備；儲糧，練兵，種種的動態，使蒼洱地區蒙上恐懼。

大理還在恐懼之中，消息傳來，西川節度使又分兵三路向吐蕃施壓，韋皐以劉朝彩出銅山，吳鳴鶴出清溪關，鄧英俊出定蕃柵道，進逼台登。吐蕃一再傳敗訊，終退壁西貢川。亘那時的兵，居然把吐蕃青海和臘城兩節度的武力打敗；青海的大兵馬使乞藏遮遮、臘城兵馬使悉多楊朱、節度使論東柴、大將論結突梨等都死於陣中，吐蕃真是一敗塗地了。

異牟尋很快就得知吐蕃敗訊，那乞藏遮遮乃是吐蕃尚結贊的兒子，是吐蕃的驍將，都戰死了；看情形，吐蕃在短期內是贏不了西川節度使韋皐的了。狗急跳牆，吐蕃對南詔卻更加強壓力，要糧食，要兵丁，可惡極了。

南詔宮中幾乎人人愁容滿面，只有鄭清平官打起精神，日夜操勞；異牟尋事事討教。

就在吐蕃與南詔互相提防的緊張中，韋皐派了一個叫段忠義的潛到大理。這段忠義是當年閣羅鳳派往長安的使節，因閣羅鳳後來與吐蕃結盟，段忠義就留在中原，此番又由韋皐把他派回大理，目的在要他轉達唐朝的意思。

段忠義潛到大理一事，吐蕃迅速獲知，很快就派人到來質問。因吐蕃歷來橫蠻，異牟尋心有餘悸，非常小心的答道：「段忠義本是大理白人士，西川節度使韋皐只是把他遣回，並無其他。」結果，吐蕃還是把段忠義要了去。

倒楣的段忠義方被執送交吐蕃，韋皐派出的幕府判官崔佐時竟又公然的向南詔而來；崔佐時之公然向大理而來，消息令異牟尋不安之同時，唐朝已分三路進攻吐蕃邊境，這些地區的八個小國，羌女、訶陵、南水、白狗、逋租、弱水、清遠與咄霸，立刻脫離吐蕃向長安朝貢。異牟尋獲知這些消息後，仔細一想，對吐蕃已用不著畏懼了，但穩紮穩打，還是觀望為妙。

嚴格說來，異牟尋的政策是非常成功的，但也得歸功於有老謀深算的鄭回所策劃。

崔佐時由黎州出邛部，過清溪關而到達大理郊區時，異牟尋仍恐開罪吐蕃，深恐大理的吐蕃使者知道此事，乃派尹仇寬與崔佐時商量，請崔佐時裝成牂柯使者進城，免得吐蕃生疑鬧出事來。那知崔佐時卻坦然告尹仇寬道：「堂堂中原使者，那有穿牂柯衣入城之理；南詔王異牟尋何必畏懼吐蕃？」

異牟尋於是只得硬著頭皮，黃昏以後，才迎崔佐時等入城，在喜洲附近的陳燎招待崔佐時。崔佐時查知異牟尋心懷恐懼，到後就公然宣詔，聲音非常宏亮，異牟尋眼見崔佐時之威儀，竟顧左右而失色。崔佐時宣詔後，接著就說道：「立刻把吐蕃所立的王號取消，把吐蕃所贈的金印交出來。」異牟尋在鄭回伊仇寬等壯膽之下都照辦了，之後，崔佐時交予一方「雲南王」金印，以崔佐時為首的漢官一一向異牟尋致賀。

在唐朝壓力之下，吐蕃一點作為沒有，而且駐在大理的使者被逐回，邊境若干吐蕃武裝兵丁亦已逃散，逃得慢的竟被宰了。

南詔已擺脫吐蕃的控制，與唐朝重修舊好的消息傳遍雲南。這個消息立刻使戛騷無法入眠，鄭清平官功高蓋世，定要和正娘娘講清楚，南詔王異牟尋必須娶而美；女兒必須成為南詔妃，她才不枉此一生；此事只須鄭回不反對，就該水到渠成。

戛騷又滿面春風了！而且，戛騷的意念很快就傳達給而美，而美在轉憂為喜的同時間，她竟又覺正娘娘對自己的態度又改變了；又從冷濕變為關心，甚至還不時的親自到她房中來說這說那，親切起來。

而美要做南詔妃的美夢又告重新編織，漸漸的，愁容消逝了。現在她不想離開南詔宮了。

唐貞元十年（七九四）正月五日，南詔王異牟尋與崔佐時在點蒼山盟誓，南詔與唐朝的關係恢復了。鄭回已吐氣揚眉，伊仇寬即被派赴長安，長安封他為左散騎常侍，稱高溪郡王。之後，長安的工部員外郎袁滋，以竘部郎中兼御史中丞銜持節到大理，當然受到空前的歡迎。

鄭清平官在南詔是不折不扣的功高蓋世；袁滋帶給鄭回的是德宗欽賜的「功在天朝」大木匾額；異牟尋為了感激他的恩師，也就在大和村王宮舉行了一次盛大的慶祝。

正娘娘與戛騷心照不宣，把而美打扮成天仙一般；而美心裡也有數，成功失敗就在此一舉了。

南詔宮張燈結綵，為鄭清平官慶功；南詔與唐朝重修舊好這件天大的事，反而沒有什麼慶祝。大理人人都知道，南詔終於擺脫吐蕃而重投唐朝懷抱，完全是拜鄭回之賜，但也非常高興，慶幸不再受吐蕃的壓迫。

為鄭回慶功，是異牟尋心甘情願的事；他也知道民間的想法，既然與唐朝修好，把鄭回抬得高高的絕不會錯，何況事實上鄭回許多年來的努力，的確為的也是南詔；他確乎也像孔明一樣，真的是鞠躬盡瘁了……

大理十大姓的首領，所有比較有聲望的漢人，都應邀參加慶祝。南詔宮從正月十六日起，擺流水席三天三夜，不斷的有人來致賀，無論什麼時候，都坐下吃喝一頓，三天期間，居然宰殺了二十多頭牛，雞鴨無數。

正月十八日因為是鄭回的生日，所以十八日傍晚才是最主要的宴會，唐朝的御史中丞袁滋率領著所有駐大理的唐朝官員，都前來參加慶祝，異牟尋當著眾人的面，對他的老師鄭清平官有十分尊敬的稱頌，所有與會的漢人滿心歡喜，凡是純彝族或白族的官員，都頓感命不如人，眼光一致望向袁滋，望向鄭回。幸好他們也看見五歲的小王子尋閣勸，他是方從賓川來玩的，尋閣勸小王子可愛極了。

尋閣勸到宮裡來，最特別的事，是他非常的喜歡生香公主，他幾乎不肯離開她。

天仙般的而美，穿梭在眾賓客間，因為她是鄭清平官的掌珠，又因見到異牟尋和她講話時就像兄妹一般，因此加意的注意而美，而美在無數人羨慕的目光中，發覺身為鄭回的姑娘之不凡，也似乎聽到：「看！那鄭清平官的女兒多美，詔應該娶她為南詔妃。」也有人反對，說：「無論如何，她是漢人種！」

戛騷細心觀察望向她女兒的人們，莫不是羨慕，莫不是讚美，但也有人作出不齒的臉色。

正娘娘總在比較，而美是搶盡風頭的漂亮了，但生香卻沉靜厚重，雍容華貴。以當前的形勢而論，既然與唐朝修好，與唐朝聯婚既然只是傳聞，則異牟尋最好就是把鄭回的女兒作為南詔妃。無論如何，不能讓香善隨心所欲；但只是，眼前又有個煩惱，連那尋閣勸都不肯離開生香，竟連我這奶奶他都不在意……

唐朝多麼冠冕堂皇！看那袁滋的威儀與丰采，自己與鄭回雖彼此有過爭論，他怎會不喜歡而美成為南詔妃？為了異牟尋，為了不讓香善與他在自己頭上，正娘娘再不怨恨鄭回，她望向鄭清平官的眼光，一改舊態，已經充滿友善。

後宮中已漸趨熱鬧，戛騷幾乎隔不上三天就進宮玩個一天半天，和正娘娘談一陣，又和女兒談一陣，唐朝御史中丞袁滋的書記官王鎮東的夫人，也不時的到宮裡來走動，有時還送點小東西給正娘娘，王鎮東的夫人很快便與正娘娘、香善娘娘、戛騷都有了感情。還有就是大理十大姓中的楊老太太，目前她兒子是喜洲大鬼主；楊老太太到後宮裡來走動，其目的是想阻止異牟尋立漢人之女為妃。

也不知從什麼時候開始，關於異牟尋立妃的事有了兩派，一派主張與鄭回的女兒結親，另一派反對，反對理由很單純，不主張娶漢人的女兒，他們的顧慮當然也有道理，深恐南詔被漢化，何況那小王子尋閣勸多可愛，小小便沒有母親，現在他非常的喜歡生香公主，離不開她，原不能讓他遭到一個漢人晚娘；鄭回的聲望那麼高，如果異牟尋再娶了而美，這大和村的詔位，早遲必是由漢人來做了！

正娘娘已經學乖，她靜靜的觀察，但盡量的不讓香善與生香有太多接近的機會，她總設法羈絆著香善，找些別的事使她疲於奔命，表面的態度卻非常的好，至於對生香，她的情緒很複雜，王孫才五歲，他那麼喜歡生香，再不肯回賓川外婆家了。

自唐朝的袁滋來後，異牟尋的情緒已穩定下來，他不再擔憂橫蠻的吐蕃了。每隔三天五天，他還把尋閣勸帶到賓川，讓他看看他外婆，然後再帶回大理。異牟尋也加強的關心南子，只要一天不見，他就要問個明白，他甚至親自到鄭清平官邸問候鄭回，乘機探討長安天朝的典章制度和文事武備。

異牟尋也每天都到後宮，向正娘娘和香善娘娘請安問候，若是見不到生香和而美，他也各自到左耳房看看，也到右耳房走走。

而美在內心中，又已躍躍欲試，異牟尋多麼感激自己的父親，關心著自己。不過，他愛著生香的事，究竟將怎麼發展？如果沒有生香，事情明明白白，自己就必然的坐上南詔妃的位子，那麼，他能與生香結婚嗎？顯然的此路不通；他豈能犯天下之大不諱？想到這些，她總立刻心痛，結婚不結婚，究竟不是頂重要，他們畢竟相愛著，這才教人難受。……

在深更半夜，在孤枕難眠時，而美曾回憶到正娘娘對她說的很重要的話：「異牟尋有點憂柔寡斷。」就是從擺脫吐蕃與唐朝重修舊好一事來看，也因異牟尋憂柔寡斷，才拖了這麼長的歲月，要非自己的父親拉著他走，現在大理還得在吐蕃的壓力下過日子。

面對憂柔寡斷的異牟尋，而美覺得，自己或者應該進一步採取主動才對；正娘娘那句話，不是非常明白了嗎？

終於而美有了單獨和異牟尋說話的機會，異牟尋來到而美房中，坐下來後，問道：「妳最近寫了什麼詩詞？拿來唸點給我聽聽吧。」

而美很坦白的答道：「這許久以來，妹妹什麼文思都沒有，實在半句都寫不出來。我這麼久擔憂的，是哥哥為國家大事忙碌，身體還好嗎？」

不等異牟尋回答，而美卻自己說：「看哥哥的臉色，很有點滿面春風的樣子。哥哥，您如不見怪，而美想問一問，前些日子，傳聞著唐德宗要與南詔聯婚，這事怎麼靜下來了？」

異牟尋認真的答道：「而美，連妳也相信這些胡說，我以為妳是不該關心這些事的。」

而美卻說：「這是哥哥的婚姻大事，我還能不關心嗎？既然竟是胡說，那麼生香姐姐就該……」

而美說不下去，異牟尋已猜知她的心意，覺得而美意在套自己，有幾分不高興，乾脆反問而美：「妳怎麼要扯到生香，她歷來很真誠的對妳。」

而美道：「這生香姐姐真誠對我是兩碼子事，哥哥您真不知道我關心的是什麼事嗎？」

異牟尋冷靜的反問：「是什麼事？」

「是，是……」而美難以啟齒。

「究竟是什麼事？」異牟尋逼緊。

而美不知如何是好，心跳的很，就說道：「我們一家人都很喜歡哥哥。」

「我也非常的喜歡鄭清平官一家人，不是嗎？」異牟尋很不在乎的說。

而美把話題扯得太遠，不知怎麼拉近，於是說道：「那麼，哥哥不是也喜歡生香公主？」

「喜歡，當然喜歡！難道妳不喜歡她？這幾天，妳也看見了，連尋閣勸都已離不開她。」

異牟尋大大方方的說著。

而美再也鎮下不去，來個一百八十度的轉變，問道：「哥哥，而美說錯時您可別生氣；萬一生香姐姐突然死掉，您怎麼辦？」

異牟尋聽後，有點丈二金剛摸不著頭腦的感覺，反問而美：「什麼怎麼辦？生香當然不會突然死掉，萬一有那種情形，妳難道不傷心；快別胡思亂想了，生香！」

「我不是生香，您就只想著她！」

「是說溜了嘴。」

而美自覺，這種鬥嘴鬥舌的結果，對自身絕無好處，便趕快休戰，轉個話題說道：「那尋閣勸多麼可愛，非常的懂事，沒有誰教他，他總是不肯離開生香姐姐。」

異牟尋並不留意而美的心思，接著說：「真怪！無論正娘娘怎樣說怎樣哄，尋閣勸也不肯離開生香。」

而美心中又突然的覺得很不快，隨口說道：「生香姐姐因此變成媽媽去了？」

「她是他孃孃，尋閣勸是她侄兒，妳怎麼說話沒有分寸？」異牟尋覺得必須辯駁，所以總要說得一清二楚。

而美反而答道：「我的話中，就是包含著分寸，只是哥哥故作不知。」

異牟尋：「是實在不知，不是故作不知。」

而美：「哥哥是故作不知！」

異牟尋：「是實在不知！」

「是故作！」

「是實在！」

「是故作！」

「是實在！」

彼此心中雖然都不愉快，但卻都笑了起來；彼此都笑了，也就各自設法下台。

異牟尋說：「好吧！而美，我該去看看尋閣勸了。」

「也看看生香姐姐吧！」而美帶著酸溜溜味道，毫不讓步。

異牟尋臨走時，又說了一聲：「而美，妳還是靜下心來專心妳的詩詞吧。」

異牟尋爽快的離去，而美若有所失，又深恐異牟尋終於被生香所俘擄，心中很是煩躁。

見異牟尋到來，生香滿面笑容，「尋閣勸呢？」異牟尋問。生香答道：「我方才帶著他到後宮正廳去，正娘娘拿了些他喜歡吃的東西，哄著他在那裡多玩一陣，說好的，我過一陣要去帶他。」

異牟尋說：「他五歲多了啊！」

生香：「我似乎被他控制著，也覺得有興趣陪伴他，哥哥覺得有什麼不對嗎？」

異牟尋答：「不！不！我只是以為，他應該自己來去，不應該要妳去帶他。」

生香道：「這有什麼關係？」

異牟尋轉了話題說：「我方才與而美在說話，我有個印象，她心事重重，話語中有些尖酸，對妳似乎有幾分妒嫉。」

生香接著說：「這也難怪她。」

異牟尋道：「也不能一點都不怪她，像尋閣勸不肯離開妳這事，她竟說妳是他媽媽了，豈非口沒遮攔？」

生香道：「隨她說吧。」

異牟尋就喜歡生香坦然大方，於是說道：「我看事情恐怕也不能不注意；我們最好有個定奪，讓她不要存什麼幻想才是。」

「這！這得看正娘娘的想法了。」

異牟尋一面沉思，一面說：「或許我該向正娘娘說個明白……」

生香：「哥哥就好好思考一下吧，但事情是不必急的，猛火烤不出好東西。」

異牟尋答：「是了！」

就在這時，正娘娘已牽著尋閣勸來到生香房門口，尋閣勸大踏步進入耳房，一見異牟尋，就恭敬的叫了一聲：「父王！」又非常高興的和生香說：「孃孃，您怎麼老半天不去帶我；我因您這麼久不去帶我，所以奶奶帶我來了，原來父王和您在一起，您們談些什麼？講給我聽聽。」

異牟尋和正娘娘都在觀察和欣賞，大家都已看出，只有和生香，尋閣勸才喋喋不休，才顯出他的聰明活潑，而且也有禮貌。

正娘娘才坐下來，生香剛把茶奉上，尋閣勸就又說道：「王太后奶奶、父王在上，且讓尋閣勸一稟，小的非常喜歡就在宮中與孃孃住在一起，不願再回賓川外婆家去，懇請開恩，今後不要再說要小的回賓川的事。」

大家一聽都笑起來，異牟尋問道：「是誰教你說的？」

尋閣勸答：「稟父王，這何須有人教？尋閣勸已五歲多了啊！」

正娘娘說：「小尋本就是聰明的，他知道的事可多呢！」

異牟尋這時突然問道：「香善娘娘怎麼不來？」

正娘娘回答道：「對啦！我幾乎忘了。香善娘娘今天中午被她弟弟托多接回上關去，說是他們一家很想念她，要她和他們在上關多住兩天。」然後對著生香說：「妳舅舅本來說要把妳接去，但香善娘娘卻說，尋閣勸離不開生香，還是由她一個人去好了。她們為了趕時間，香善娘娘只說，叫石歧來告訴妳一聲，我也沒有叫石歧來，一直到現在。」

生香聽後說道：「謝謝正娘娘！」

異牟尋接著說：「這樣一來，太后又沒有伴了。」

「我本來不就一個人住在後宮大房中，這些日子才和香善有講有說，不幾天，我看最多七五天她就會回來的了。」

尋閣勸見正娘娘講完，便天真的說道：「人們一會聚攏一會分開，多有趣。」

在場的各人，見了尋閣勸自然都非常歡喜，只是正娘娘心中還有別的想法，見尋閣勸這樣懂事，憂慮到恐怕今後不能事事隨心所欲，也頓時想到，若是讓生香成為南詔妃，自己的兒子異牟尋及孫子尋閣勸都站在生香一邊，也就是在香善娘娘一邊，自己還有什麼用？這怎麼使得？絕對辦不到！自己絕不能放鬆，那怕是置生香於死命。當然，目前最好的辦法就是促成異牟尋去娶而美，強調親唐朝的路線，名正言順。

正娘娘就在這頃刻之間，確定了自己身為王太后的主張，堅決反對兒子娶生香，以兄妹關係無法推翻為由；促成而美與異牟尋成親，以親漢為理由。必須如此，香善娘娘才不能走在自己前面，自己的崇高地位方可久保。

正娘娘已不再為兒子打算，但理由都光明正大，還可以理直氣壯的，說是為異牟尋著想，為南詔的聲譽及前途著想。

登時，生香和異牟尋都未發覺正娘娘的心理變化，生香還認真的和異牟尋說道：「尋閣勸的確非常聰明。」又很禮貌的向正娘娘說：「稟娘娘，尋閣勸時常提到不想再回賓川，還說這邊的奶奶比那邊的婆婆更愛他；他父親是詔，所以他要跟詔住在一起。」

正娘娘仔細的聽著，而所有這些話都對生香不利；正娘娘的內心逐漸由堅定變為狠毒，於是對尋閣勸說：「奶奶絕不再讓你去和你婆婆住了，但為了要讀漢文，還得找個老師給你。」

生香因自己所懂漢文不多，心直口快的就對正娘娘說：「而美不就是現成的老師了嗎？」

正娘娘卻答道：「此事就得看鄭清平官了；再就是而美，也還得她自己願意。這些日子，而美總是心事重重。」

正娘娘說這些話時，尋閣勸顯得並不高興，但裝做並不留意聽，異牟尋卻已敏感到，自己的母親心裡有別的打算了。

話方說完，正娘娘就對尋閣勸說道：「小尋，奶奶要去了。」

異牟尋跟在後面，離開生香房間。到了後宮，正娘娘便和兒子說道：「料想不到事隔這麼多年，南詔又與唐朝重修舊好，真是祖宗積德，今後我們南詔又必須隨時注意長安的舉動了，不過親漢總是比親吐蕃強的多。你身為詔，親漢的火色就看你去拿了，許多事情恐怕是不能隨心所欲的。」

正娘娘的話，其弦外之音異牟尋已清楚的聽入耳中，他不發一言，靜聽著。異牟尋不開口，其不以為然的情緒，正娘娘當然也明察秋毫，心知肚明。

母子兩人勉強的談了幾句，正娘娘便說道：「你就回去休息吧！」

異牟尋去後，正娘娘立即喚供她使喚的張婆，叫她去看而美有沒有睡了，如果沒有睡，等著陪她來一見。

而美是冰雪聰明的人，立即隨張婆來到後宮正娘娘居處。方一見到正娘娘，便問了安，然後細心的觀察正娘娘的神情。

正娘娘一改過去的態度，開門見山的和而美說道：「而美，我一直留妳在宮中居住，我的用意想來妳是明白的，妳母親大致也猜得著些，只是鄭清平官，他是不苟言笑事事認真的人；我從前聽異牟尋的父親鳳迦異說，漢人的讀書人把女子與所謂的小人一般看待，就是說，女人做不出什麼好事。所以，我認為鄭清平官歷來不喜歡我管異牟尋的事，但我是他母親，異牟尋自小就憂柔寡斷，我怎能不關心他些？而美，妳是知書達禮的女子，事情已擺在眼前，我和妳母親，都很想看到妳坐上南詔妃的位子。」說到這裡，她打量而美。

而美這時也在臉上綻開喜悅。

正娘娘繼續說道：「處在我的地位，我不能太明顯，生香似乎有她的手段，異牟尋難擺脫香善倆母女的蜘蛛網。我個人基於愛兒子，以及愛南詔的大立場，不主張異牟尋與生香再有什親密，也就是說，我希望異牟尋的親密對象是妳而非生香。妳該明白了吧？許多事得妳自己努力，我只能從旁協助；妳必須採取主動，使異牟尋就範，目前的情況是，擱在妳前面，不讓妳一飛沖天的人就只一個生香。此話我只對妳一個人說，妳必須好好的想一想，拿出主張來……」

這雷霆萬鈞的內容，幾乎使而美承受不住，但這天大的喜訊卻令而美的情緒飛昇，做南詔妃的美夢立刻占據了她和刺激著她。而美帶著緊張興奮的心，不知如何表達才好；她感激正娘娘，也跟著正娘娘，對生香非常的痛恨。

正娘娘眼見而美不發一言，問道：「而美，我的話妳明白了嗎？」

「明白了！」而美慎重其事的答。

正娘娘又問：「而美，妳是不是同意我的看法？如果妳要退卻，也得下決心，妳現在就告訴我真正的意思吧！」

而美此時並不遲疑，也知道必須掌握時機，堅決的對正娘娘說道：「為了異牟尋哥哥，為了正娘娘的愛護關心，而美早已決心；請正娘娘放心不顧任何險阻，不畏懼任何困難，而美就是死也再所不惜。」

正娘娘糾正而美，說道：「不可提到死，一定要的話，讓別人去死吧！」

而美的心智正被點醒著，真料不到南詔宮的局勢轉變的這麼迅速，對做南詔妃的美夢一度絕望；從絕望中又找到一線曙光；現在又似乎充滿著希望，但這希望似乎與死之爭有關……

正娘娘胸有成竹，接著說道：「今天我只和妳說這些，妳回耳房去吧！」說後又叫張婆：「張婆，來送而美。」

而美去後，正娘娘立刻進入沉思中。

沉思中，最具體的結論是誓死阻止香善上昇，必須迅速讓尋閣勸讀漢文，把她與生香分開。

第二天，正娘娘便與異牟尋商討，究竟該找什麼人教小王子漢文？正娘娘曾提到而美，異牟尋不贊成，同時提出一個尹仇寬的姑娘，已三十左右歲，她的漢文非常好，性情也好，又可以放心。

正娘娘還怕尋閣勸不肯，異牟尋卻說：「這怎麼能由得他？如果尹家姑娘接受這份差使，最好就是把尋閣勸寄在尹仇寬家。」

不到兩天，尹家姑娘當然答應了；尋閣勸係由生香陪著到了喜洲伊仇寬家，出乎意料的，是尋閣勸很快就喜歡了他的老師，同時毫不畏難的便答應住下來。

尋閣勸才一見到尹家姑娘，便問：「老師，您姓什名何？」

答：「姓尹名夢華；你稱我為尹老師。」

把尋閣勸安置在尹仇寬家，異牟尋和生香是喜歡的，因為今後彼此方便談話；正娘娘和而美是高興的，因為這是對付生香的準備工作。

而美似乎長大了許多，她不是仰賴她母親的意旨想成為南詔妃，是自己一定要爭取王妃寶座；一旦做了南詔妃，未來的影響多大，南詔親漢人的態度也才更堅定，長安聞悉之後也一定非常喜歡，唐天子對功在天朝的父親亦將更為器重。

而美想的飄飄然起來，人生不過數十寒暑，正娘娘既看中自己，異牟尋對自己也極為欣賞，目前南詔走的又是親唐的路線，如果不鼓起勇氣爭取詔妃的地位，該是咎由自取了。她已經到了橫了心的程度，非設法逼生香知難而退不可。一旦做上南詔妃的寶座，在蒼洱區，鄭家在唐朝及大理的歷史上都將永垂不朽。

但，異牟尋是不是在將來會愛自己呢？這倒是而美內心中真正的疑問。

而美這時已走進生死之爭的牛角尖裡，她和正娘娘說，要回家和她母親商量一些問題，正娘娘當然同意，但認真的對而美說：「妳千萬勿透露我的意思，萬一將來發生什麼困難或爭執，我才能協助妳；妳是聰明孩子，該能明白我的本意，總的一句是必須先收拾生香，生香不收拾，我和妳的努力都有險阻。」

而美小聲但有力的答道：「請正娘娘放心。」

鄭清平官夫人戛騷見女兒回來，分外的高興，問這問那，特別問道：「正娘娘知道妳離開大和宮嗎？她本來是不放心妳離開的。」

而美答道：「正娘娘當然知道而美回來，而且兒已稟告她，要回家與您談些事情。」

「是了！」戛騷說。又道：「而美，這些日子大理的變化很大，大理既已與唐朝重修舊好，妳父親功勞那麼大，異牟尋對許多問題，不得不重新想過。因此，媽這幾天也正想與兒談些問題。例如，本來異牟尋就一直對妳很好，這些日子，他也對南子特別的親熱，那麼，妳想，除了妳，有誰能夠配得上他？前些日子，唐朝御史中丞袁滋到大理時，宮中為妳父親慶祝獲天朝卸賜『功在天朝』的匾額那天，妳不覺得自己像天使一般嗎？我和正娘娘很認真的觀察，異牟尋是一直注意著妳的；男人在這方面，都有虛榮心，就是要他的配偶美如天仙，何況他是南詔王，當然定要有一個非常美麗的王妃，其美麗務必要壓蓋大理，壓蓋整個雲南。而美，妳必須有這個信心。」

而美喜出望外，自己的母親一講就講個不停，講的正是目前自己所想的事。於是答道：「媽媽，而美是多麼愛媽媽啊！但，這事還是別向父親張揚，父親是漢人正人君子，一切等既成事實才讓父親知道好嗎？」

戛騷接著道：「我也是這樣想的；就我倆母女商量著辦吧！也不可讓南子知道；南子就像妳父親一樣，對偷雞摸狗一類的思想行為一概不齒，才小小年紀就這麼一板一眼。」

而美又和她母親說：「目前我就繼續住在宮中，媽如果進宮，不必再與正娘娘提這方面的事，提了她會不方便。又如果爸爸問到我，媽可以告訴他說，這些日子異牟尋學詩的興趣很大，他正向而美研討寫漢詩的技巧。」

戛騷聽了，因為不明白，而問而美：「什麼洗絲？我怕說不清楚。」

而美這才想到自己的母親不識漢字，說道：「媽就說，異牟尋正用心讀漢文，天天要而美教他。」

「這樣，我就會說了。」戛騷見而美有了主張，非常的高興，便又說道：「妳要注意身體，每晚喝點補酒。對正娘娘要處處注意禮節，有什麼不高興的事，不可任性。」

話方講完，鄭清平官帶著南子回到家中。一見而美，十分的高興，問道：「孩子，在宮中住得慣吧？」還不等而美答話，南子也問道：「姐姐，宮中最近有什麼有趣的事嗎？講點來聽聽。」

而美笑著，拉著南子的手說道：「沒有什麼新鮮事，你和爸爸從哪裡來？」

鄭回這時說道：「對啦！我們是從喜尹家來。而美，那尹夢華姐姐現在是小王子尋閣勸的西席，過得幾天，南子也得到喜洲尹家去就讀了。」

南子補充道：「父親今天就是帶南子去拜師的！看起來，尹老師是很嚴的。對啦！姐姐，猜想她的學問大致是超過姐姐的。」

而美答道：「豈止是超過？尹夢華姐姐如果不是女的，早就到長安去做官了！」

「啊！這樣，南子真的要好好用功讀書了。」

鄭回又問而美：「妳是不是該回家來住了呢？正娘娘的態度怎樣？」

而美認真的答她父親：「看來，異牟尋哥哥對中原的事，比過去留心，對中國的詩詞興趣開始濃厚，所以多與而美討論。正娘娘對而美也很關心，她還談到南詔與唐朝重修舊好，全是父親的功勞。」

鄭回聽了，也在不知不覺間拈鬚而笑了；他從前總以為，像正娘娘這類婦人，永遠也不會了解一個有學問的漢人的品德的，現在總算已略知一二了。

鄭回又對而美說：「總之，妳必須事事小心，不可說錯一句話，更不可走錯一步路。」

當天太陽偏西之前，戛騷就又把而美送入南詔宮中，順便的也和正娘娘談了一些話。戛騷已照而美的意思，不談及敏感的事，但正娘娘卻和戛騷說：「有句話和妳說，妳必須記好。在今年以內，南詔必須有妃，我倆鼓勵而美的努力目前已到了緊要關頭，可別向鄭清平官提及此事！妳最好想方設法使而美勇往直前；萬一我倆的親家關係建立不成，我們的榮華富貴可能隨之煙消雲散。妳千萬記著，上關的迪洛托家族是了不起的，香善的弟弟托多是很陰險的人物，萬一香善在南詔宮中得勢，鄭清平官以及尹仇寬這些有學問的孔夫子是抬不了頭的；也不知香善這幾天回上關做什麼？」

上關迪洛托家族能幹是事實，香善回上關也是真的，但正娘娘編的故事卻是專為給戛騷聽的。之後她在戛騷耳朵邊輕聲說道：「這可不能講出去，隨時稍稍提醒而美一點就得啦！」

戛騷離開南詔宮時，步履輕快，內心喜愉，她想，未來就只有自己體面了；清平官的夫人，南詔王的岳母，死了就得變為太和宮的本主了……

就在大理北門本主「柏潔聖妃」廟裡，戛騷為而美求得一支籤詩，內容是：

「反來覆去總不空，飛上枝頭要餘勇；
光明黑暗自古定，莫道本主眼朦朧。
易反易覆人之常，
更上層樓衣單薄；
只顧今生結龍鳳，
休管來世一片空。」

戛騷問本主廟住持，說是好詩。還說：「中上，怎麼不好？」

而美當然也看到了，怎麼解釋都好。但無論如何，這是是非非含有玄機的籤詩，加強了而美孤注一擲的決心和勇氣。

迫不及待，而美第二天便把籤詩給生香看，生香道：「除了『人』和『一』，我都不知道。」而美於是編了一個故事，說籤詩是為生香求的，好極了，好極了！說姐姐喜事近了。」

生香並未料到而美這般狡詐，信以為真，帶著親切的笑容和而美說：「妹妹就信籤詩嗎？信籤詩還不如信自己。」

而美靈機一動追問：「那麼，生香姐姐是不是喜事近了呢？究竟誰將成為南詔宮的駙馬？姐姐妳告訴我吧！」

生香當然懷疑而美有別的用意，但她為人誠懇，雖不能直說，很負責任的說道：「而美，說實話，我雖不願想到結婚這件事情，就算我心裡有人，似乎離結婚還很遠，還有很多阻礙。而美，妳別再在這些問題上來傷腦筋好不好？」

而美答：「好是好，只是，生香姐姐，妳不怕妳心中的人變心嗎？」

生香又答：「那我可管不著，我自己不變就好了；萬一有那麼一日，誰料得定會有什麼結局？說不定我被人害死，說不定我自己短命，人有時是料不定的。」

而美心中打了個寒噤，立刻裝作不注意生香說的內容，轉了話題說道：「姐姐這些日子給我吃的補藥，大致是有效的，當然我也還在睡前喝一小點補酒，所以身體已好起來許多。」

兩人談了一陣，而美做出並無什麼心事的樣子，和生香說：「不再打擾妳了，我還得回房讀書寫字，明天我再來看妳，希望姐姐今夜做個好夢。」

回到左耳房，而美心事重重，愈想愈不安，生香似已在提防什麼了？自己深藏在內心中的祕密，難道會被別人窺悉？

睡也睡不著，而美想到籤詩，想到生香，想到異牟尋的英俊，想到做了南詔妃的榮耀，這一切，如果沒有生香就事事順利，接著又想到正娘娘的話，她不是很明白的表示了，但我難道就去殺人？之後又想起生香與異牟尋的親熱，愈更得恨上加恨。她一直在想，到了雞叫，她仍無法入睡，頭腦已有點空空的感覺，如果這樣下去，說不定會瘋了。

想得太多，而美已心煩意亂；怕自己的健康支持不了，她決定必須迅速求出結果。整個而美，被做南詔妃的美夢所支配；她漸漸的想採取破釜沉舟的行動。

而美想，自己竟變到這麼可怕！但，在這可怕的邊緣卻無法急流勇退，正娘娘在慫恿，自己的母親在催促，還有什麼說的？特別是自己，如果不努力，如果退卻，如果再過幾天這樣睡不著的日子，精神身體都將再也無法支持，問題是到了緊急關頭了，那籤詩不是指點了嗎？飛上枝頭要餘勇，我，還是孤注一擲吧！

正是而美想得恍恍惚惚時，異牟尋突然來到而美房中，顯然他帶著醉意，再細看，醉得很厲害，他叫她「生香妹妹！」而美不知如何是好，心如刀割；扶他坐定，他說我不醉；接著自言自語的說：「妳為什麼是妹妹？如果我和而美，唉！那怎麼得了？正娘娘真是逼人太甚……」

那夜晚，異牟尋就睡在而美房中。

第二天天還不亮，異牟尋知道已鑄成大錯，匆匆溜出而美房間，溜回寢宮。這件事，人不知鬼不覺。

而美已胸有成竹，第二天黃昏時候，她倒了兩杯酒，好好的擺在小桌上，把房門掩緊，從床腳邊把小瓶子取出，倒了一些在右邊的酒杯中。之後把小瓶朝窗外拋得遠遠的。她審慎的自己說了一遍：「右邊的是敬生香，左邊的自己喝。」

而美這時走到右耳房中，偏是正娘娘也在那兒，紅蓮和綠玉也坐在牆腳。寒暄了一下，正娘娘便說道：「妳們倆個多談談吧。」走時又和紅蓮說：「紅蓮，妳跟我去。」

正娘娘回到後宮，叫張婆倒了兩碗蟲草烏骨雞湯，命紅蓮送去給而美和生香兩個，要她們各吃一碗。

紅蓮端了蟲草烏骨雞湯，離開後宮，竟向左耳房而來，她明知而美在生香房中，裝糊塗向左耳房而來是有用心的，想趁機查看一下而美的閨房。

人不知鬼不覺，紅蓮進到而美房中，先把手中端著的蟲草雞湯放好，各處打量著。枕頭邊放著的漢文書，是紅蓮惟一不懂的東西；這漢文書本，特別提醒她，漢人的勢力那麼大，如果詔選了而美為妃，這南詔宮早遲會變成漢人所有。但不管怎麼演變，自己是宮女；當然最好做詔的使喚，也才有機會承受點雨露，和男子漢親近，大致是很有趣的。

紅蓮突的看到小桌上的兩杯酒，不由的端起一杯來，送到鼻子嗅一嗅。紅蓮是用右手端起擺在左邊的一杯，她嗅了一下，又輕輕的用舌頭舔了一下，帶點苦味，顯然是藥酒。這時她突然想起，萬一而美回來，所以趕快把酒杯放好，右手端著，放也就放在另一杯的右邊，然後趕快端了蟲草烏骨雞湯，從左耳房迅速走到右耳房。

方一進房，紅蓮就笑著對而美說：「正娘娘叫我跟她去，原來是要送蟲草雞湯來。」說著把雞湯放在桌上。

而美有點緊張，但想到正娘娘送蟲草烏骨雞湯，也就提醒了她自己。說道：「生香姐姐，我們趁熱把補藥喝了吧，然後我去倒兩小杯補酒來，我們共同喝一杯苦藥酒；良藥苦口利於病，我們倆都是該進補的。」

倆人方把蟲草湯喝下，而美便說：「我去倒藥酒。」說後便匆匆出了右耳房。

而美回到房中，端起兩杯藥酒，心中有些害怕，但立刻想到，自己身體已屬異牟尋，非孤注一擲不可，於是橫了心，咬緊牙根，朝右耳房而來。

生香房中，而美剛才說要回房倒藥酒，紅蓮因曾翻動著而美的漢文書，又動過桌上的酒杯，怕被而美查知，先就藉故避開了。

而美進入生香房中，便把右手端著的杯子遞給生香，說道：「讓我倆姐妹喝一杯吧！」

生香用右手接過說道：「而美妹妹，盛情難卻，但我實在不會喝酒。」

千鈞一髮之際，而美帶點霸氣的說：「不會喝也得喝，就大大的喝一口吧。」

「我真不會喝酒。」生香有點困難。

而美道：「那就是看不起我，反正我先喝吧！」說後，又看向生香，要求道；「來吧！一齊喝。」

「綠玉，來！妳說風、花、雪、月。」

生香見拒絕不了，又說：「而美，我們都喝一大口，不必喝完好嗎？」

「好的！」而美說。

生香這時對綠玉說：「妳等我們把酒杯舉近嘴時，便說風、花、雪、月，知道嗎？」

綠玉天真的點點頭。

之後，清脆的聲音：「風、花、雪、月！」

生香和而美各自灌了一大口，即刻間，而美「啊！」了一聲，杯子落地，人也倒了下去。

生香瞬即花容失色，尖叫起來。俯下身看而美，她在抽搐，已奄奄一息。

這究竟是什麼回事？她來不及想，只趕快朝正娘娘住的後殿奔跑，她哭著對正娘娘說：

「而美已突然飲毒酒斃命！」

一剎時間，異牟尋已來到生香房中，而美已告冰冷，當即就又把鄭清平官及夫人請來。整個南詔宮緊張起來，人人都細問生香，方才的事怎樣發生？生香又是可憐而美，又是氣，氣得說不出話。大家亂紛紛中，鄭清平官夫人突的奔向生香，一把抓著她頭髮，又是扯又是罵，「小妖精！妳殺了而美，我現在就要妳的命！」眾人趕忙勸解，費了好大的力才把生香從戛騷手中救出；鄭清平官仔細觀察了情形，一言不發，吩咐處理後事，見妻子那麼大罵大吵，非常惱怒，但戛騷的整個理智都已崩潰，她的神經已告失常，一直大罵。

正娘娘一時想不通事情的演變，異牟尋心中有咎，臉面上顯出非常悲切的神情。

南詔宮中不管怎麼亂，暫時的結論，乃是而美自殺，至於她為什麼會自殺？目前還沒有人去推想……

這個謎，有一個人心中有數，就是紅蓮，但她絕口不透露去過而美房中，而且移動過酒杯的事；她知道，如果不湊巧，她自己將因此送命。

而美的暴斃，氣瘋了她母親。

異牟尋因內咎，內心裡決定不再立妃；但他決心不再娶的勇氣係來自生香，生香因而美的死，想了一整夜，終於堅決的告訴異牟尋，此生將永遠只做他的妹妹，不出嫁，準備一生就這樣了結。

異牟尋心裡的創傷有多痛，誰也不知道。鄭清平官痛失掌珠，老伴因此失常，其情境是可悲的。

異牟尋為了安慰他的恩師，恭敬而誠懇的和鄭回說：「老師，我準備宣布鄭清平官代代世襲，作為我報答恩師之萬一，可否使得？」

鄭回道：「不必！南子還小，還不能確定他是否能成才。我也要告訴你一件事，我想把而美葬在蒼山青碧溪，而且北望長安。」

異牟尋恭敬的答道：「真是好了！我還有件心事說一說，就是我是否可以封已去世的而美妹妹為南詔妃，讓他地下有知稍覺安慰？」

鄭回聽後，忽然淚盈於睫，感激的答道：「另外的稱呼吧！或者就用『中原』兩字。」

異牟尋答：「好的！『中原聖妃』；青碧溪而美的碑上就刻這幾個字。」

鄭回點點頭又說道：「南詔與唐朝修好，道路是正確的；中原漢族與共同相處的各族間，不知道還要有多少互相殘殺的事。我很希望詔堅定信念，制定大理長遠之策，以為後代子孫奠下和平之路。」

異牟尋答：「是啦！」

鄭回又說：「我年事已高，來日無多，對南詔盡力的機會恐怕就僅止而已了。」語氣間不免悲切。

異牟尋趕忙安慰道：「恩師還記得唐朝御史中丞袁滋在代表天朝頒『功在天朝』匾額那天講的話嗎？在漢朝與南中的關係上，鄭清平官的功勳並不次於三國時的孔明。」

鄭回的臉上掛上喜愉之色，異牟尋又說道：「其實，老師的功勳早已記在『德化碑』上了；那段痛苦的歷史固然是先祖父蒙國大詔閣羅鳳的經歷，不也是清平官的功勳嗎？漢人恐怕將永世永代把這德化碑記在心裡才對。」

鄭回因異牟尋能領悟得到「德化碑」的意義，也想到自身在南詔的意義，有動於衷，不由的輕輕閉下眼簾，取出絲巾揩了即將掉落的淚珠；又因想到而美，很含蓄的說道：「時近三月，點蒼春寒，陛下，為王之道，寬容和堅忍還是很重要的。」

異牟尋見鄭回已稍有和愉之色，慎重的說：「我將再潛心於漢文化的鑽研；南詔應該永遠與中原和睦相處，但我以為，漢族的同化力是無堅不克的；對所謂『王道』之說，以邊遠弱小民族自己國家的立場來說，也殊有無法容忍之情，漢族實在令人畏懼，稱之為霸道亦未嘗不可？」

鄭回深知異牟尋情緒上有解不開的憂傷，說道：「陛下不是也讀過『禮運大同篇』的嗎？」

異牟尋答：「恩師所教給我的，應已畢生受用不盡。」

鄭回又說：「願陛下選擇一位賢慧的婦女為妃，南詔幸甚！」

異牟尋深有所感：答：「謝謝指點。」

三月的大理，春寒襲骨，點蒼山頂積雪晶瑩，民間有句俗話是：「三月三披被單！」

# 深情感動　無法釋懷

## ——「金沙作品集」在台出版校後記／林煥彰

金沙先生是我最景仰的一位泰華資深報人、知名作家，我敬仰他的人品、文品和文學成就；他有剛直的個性、正直的人格，有愛鄉愛國的情懷，一生安於清苦；他一生從事媒體工作，擔任過泰國華文報主筆，長期撰寫社論，又從事文學創作和有關南詔等史學研究；他的文學創作，包括新詩、散文、小說；小說又含短、中、長篇及極短篇；而樣樣精彩。

金沙先生生於一九二二年雲南建水，一九四八年旅泰，去年（二〇〇九）十一月五日不幸病逝於他定居六十二年的曼谷，享年八十八歲；我相當難過，痛失一位文學與人生的導師；在守靈期間，為了由衷表達對他的景仰與不捨，熬了幾過晚上，我寫下多達十六頁的悼念文章〈擎泰華文學殿堂一根巨柱〉，心情仍難平復！

金沙先生生前有個想望，可他又向來低調、客氣，不為別人添麻煩；他的想望是，希望有一天他的著作能在台灣或中國大陸同時以正、簡字版印行；這個心願，我一直擺在心裡，直到前年秋天，我和秀威宋總經理政坤、出版部林經理世玲談起，並獲支持，而徵得他老人家同意、簽下合作出版計畫；可因為出版時程排序以及老人家身體突發狀況，竟未能讓他親眼看到這套書的出版，是最大遺憾！

現在，這套書，包括散文集《活著多好》、短篇小說集《渡》、長篇小說集《閣羅鳳》、中篇小說集《寧北妃》（含〈點蒼春寒〉）共四部，同時推出正、簡字版，除遠在曼谷的金沙先生二三小姐妮妮和飛飛參與初校外，我也逐字看完初校和二三校稿；而每看完一篇或一部，便有更多更深感觸、感嘆和感動；無論散文、短篇或長篇小說，每每看到情真情深處，無不讚嘆落淚，無法釋懷！

金沙先生的為人和文學成就，是無話可說的！他的作品集能在逝世周年前，在台灣出版，以正、簡字版紙本及電子版發行全球，做為晚輩及文學愛好者，個人感到可以向金沙先生在天之靈告慰。

二〇一〇年八月廿一日正午
於台北縣汐止研究苑

BOD Books on Demand

語言文學類　PG0456

# 寧北妃

作　　者／金　沙
校　　對／妮　妮、飛　飛、林煥彰
責任編輯／林世玲
圖文排版／賴英珍
封面設計／陳佩蓉

發 行 人／宋政坤
法律顧問／毛國樑　律師
出版發行／秀威資訊科技股份有限公司
114台北市內湖區瑞光路76巷65號1樓
電話：+886-2-2796-3638　傳真：+886-2-2796-1377
http://www.showwe.com.tw
劃撥帳號／19563868　戶名：秀威資訊科技股份有限公司
讀者服務信箱：service@showwe.com.tw
展售門市／國家書店（松江門市）
104台北市中山區松江路209號1樓
電話：+886-2-2518-0207　傳真：+886-2-2518-0778
網路訂購／秀威網路書店：http://www.bodbooks.tw
國家網路書店：http://www.govbooks.com.tw

2010年11月BOD一版
定價：240元

國家圖書館出版品預行編目

寧北妃 / 金沙着. -- 一版. -- 臺北市 : 秀威資
訊科技, 2010.11
面； 公分. --（語言文學類 ; PG0456）
BOD 版
ISBN 978-986-221-619-4（平裝）

857.63 99018721

# 讀者回函卡

感謝您購買本書，為提升服務品質，請填妥以下資料，將讀者回函卡直接寄回或傳真本公司，收到您的寶貴意見後，我們會收藏記錄及檢討，謝謝！

如您需要了解本公司最新出版書目、購書優惠或企劃活動，歡迎您上網查詢或下載相關資料：http:// www.showwe.com.tw

您購買的書名：______________________________

出生日期：________年________月________日

學歷：□高中(含)以下　□大專　□研究所(含)以上

職業：□製造業　□金融業　□資訊業　□軍警　□傳播業　□自由業

□服務業　□公務員　□教職　□學生　□家管　□其它____

購書地點：□網路書店　□實體書店　□書展　□郵購　□贈閱　□其他

您從何得知本書的消息？

□網路書店　□實體書店　□網路搜尋　□電子報　□書訊　□雜誌

□傳播媒體　□親友推薦　□網站推薦　□部落格　□其他________

您對本書的評價：(請填代號　1.非常滿意　2.滿意　3.尚可　4.再改進)

封面設計____　版面編排____　內容____　文／譯筆____　價格____

讀完書後您覺得：

□很有收穫　□有收穫　□收穫不多　□沒收穫

對我們的建議：______________________________

______________________________

______________________________

______________________________

請貼
郵票

11466
台北市內湖區瑞光路 76 巷 65 號 1 樓
**秀威資訊科技股份有限公司** 收
BOD 數位出版事業部

（請沿線對折寄回，謝謝！）

姓　　名：＿＿＿＿＿＿＿＿　年齡：＿＿＿＿　性別：□女　□男

郵遞區號：□□□□□

地　　址：＿＿＿＿＿＿＿＿＿＿＿＿＿＿＿＿

聯絡電話：(日)＿＿＿＿＿＿＿＿(夜)＿＿＿＿＿＿＿＿

E-mail：＿＿＿＿＿＿＿＿＿＿＿＿＿＿＿＿